JUSTICE

하버드대 마이클 샌델 교수의 정의 수업

10대를 위한
JUSTICE
정의란 무엇인가

JUSTICE : A Reader(YA Edition)
ⓒ 2014 by Michael J. Sandel
All rights reserved

Korean translation copyright ⓒ 2014 by Mirae N Co., Ltd
Korean translation rights arranged with International Creative Management,
Inc.,New York, N.Y. through EYA(Eric Yang Agency), Seoul.

이 책의 한국어판 저작권은 EYA(Eric Yang Agency)를 통한 International Creative
Management, Inc. 사와의 독점계약으로 한국어 판권을 '주식회사 미래엔'이 소유합니다.
저작권법에 의하여 한국 내에서 보호를 받는 저작물이므로 무단 전재와 복제를 금합니다.

하버드대 마이클 샌델 교수의 정의 수업

10대를 위한
JUSTICE
정의란 무엇인가

마이클 샌델 원저
신현주 글 | 조혜진 그림 | 김선욱 감수

Mirae N 아이세움

 Contents

원저자의 말 한국의 10대 독자들에게 6
저자의 말 세상 속으로 또박또박 걸어 들어갈 여러분에게 8
감수자의 말 생각의 깊이만큼 미래는 밝습니다 10

01 이 책을 읽기 전에 12

02 누구를 살려야 할까요? 16
(《정의란 무엇인가》 – 01 정의란 옳고 그름을 판단하는 문제일까? 수록 내용)

03 미뇨네트호 생존기 26
(《정의란 무엇인가》 – 02 최대 행복 원칙 : 공리주의 수록 내용)

04 한 생명의 값은 얼마일까요? 36
(《정의란 무엇인가》 – 02 최대 행복 원칙 : 공리주의 수록 내용)

05 행복은 누구에게나 똑같을까요? 44
(《정의란 무엇인가》 – 02 최대 행복 원칙 : 공리주의 수록 내용)

06 부자와 가난한 자를 위한 정의 54
(《정의란 무엇인가》 – 03 우리는 우리 자신을 소유하는가? : 자유지상주의 수록 내용)

07 부자에게 더 많은 세금을? 62
(《정의란 무엇인가》 – 03 우리는 우리 자신을 소유하는가? : 자유지상주의 수록 내용)

08 군인을 찾습니다? 76
(《정의란 무엇인가》 – 04 대리인 고용 : 시장 논리의 도덕성 문제 수록 내용)

09 이 아이는, 누가 길러야 할까요? 88
(《정의란 무엇인가》 – 04 대리인 고용 : 시장 논리의 도덕성 문제 수록 내용)

10 진정한 영웅 **100**
《정의란 무엇인가》 – 05 동기를 중시하는 시각 : 이마누엘 칸트 스록 내용)

11 칸트에 대하여 **110**
《정의란 무엇인가》 – 05 동기를 중시하는 시각 : 이마누엘 칸트 수록 내용)

12 로즈 부인의 화장실 **120**
《정의란 무엇인가》 – 06 평등을 강조하는 시각 : 존 롤스 수록 내용)

13 원래 삶은 불공평한 것인가요? **130**
《정의란 무엇인가》 – 06 평등을 강조하는 시각 : 존 롤스 수록 내용)

14 백인이라서 불합격이라고요? **140**
《정의란 무엇인가》 – 07 소수 집단 우대 정책 논쟁 : 권리 vs 자격 수록 내용)

15 응원단의 자격 **152**
《정의란 무엇인가》 – 08 정의와 도덕적 자격 : 아리스토텔레스 수록 내용)

16 정치에 참여하지 않고도 좋은 사람이 될 수 있나요? **162**
《정의란 무엇인가》 – 08 정의와 도덕적 자격 : 아리스토텔레스 수록 내용)

17 '미안해요' 라고 말해야 할까요? **172**
《정의란 무엇인가》 – 09 우리는 서로에게 어떤 의무를 지는가? : 충성심의 딜레마 수록 내용)

18 동생의 선택 **184**
《정의란 무엇인가》 – 09 우리는 서로에게 어떤 의무를 지는가? : 충성심의 딜레마 수록 내용)

19 중립을 지킨다는 것에 대하여 **194**
《정의란 무엇인가》 – 10 정의와 공동선 수록 내용)

20 정의와 좋은 삶 **204**
《정의란 무엇인가》 – 10 정의와 공동선 수록 내용)

원저자의 말

한국의 10대 독자들에게

마이클 샌델

나는 나의 책《정의란 무엇인가》가 한국에서 정의로운 사회의 의미에 관한 공개 토론에 일조하게 된 것에 대해 매우 자랑스럽게 생각합니다. 한국의 독자들이 내 책과 강의에 매력을 느꼈다면, 그 이유는 내가 결정적인 답을 제시해서라기보다는, 어려운 도덕적 질문에 대해 함께 생각하고자 정중한 태도와 상호 존중의 정신으로 독자와 청중을 초대했기 때문일 것입니다.

최근 수십 년 사이에 세계에서 앞서 가는 경제 국가 가운데 하나가 된 지금, 한국인들은 좋은 삶의 의미에 대해 묻고 있습니다. 일인당 소득이 어느 정도 달성된 뒤에도, 돈으로 더 많은 행복을 살 수 있을까? 아니면 행복은 돈으로 살 수 없는 활동과 관계에 달려 있을까? 불평등이 심화되고 부자와 가난한 자의 차이가 확대되는 것을 어떻게 해야 할까? 부유한 부모가 그렇지 못한 부모에 비해 자녀의 사교육에 더 많은 돈을 지출할 수 있는 상황은 정당할까?

세계적인 문제, 혹은 한국이 처한 특수한 여건으로부터도 정의 및 도덕의 문제가 제기됩니다. 북한의 행동에 남한은 어떻게 대응해야 할까요? 혹은 국가 간에 과거의 아픈 역사적 기억 및 부당 행위는 어떤 영향을 미칠까요? 또한 최근에 있었던 세월호의 비극에 대해 한국은 어떻게 대응해야 할까요?

사실 이러한 질문들은 극심한 논쟁을 불러일으키지요. 하지만 의견 충돌의 두려움 때문에 이러한 질문들을 공개적으로 토론하는 것을 미루거나 피해서는 안 됩니다. 정의에 관해 경쟁하는 여러 원칙들을 두고 이렇게 공개적으로 논쟁하는 것은 성숙하고 자신감 넘치는 민주주의의 징표라고 생각합니다.

2010년과 2012년, 나의 책 《정의란 무엇인가》와 《돈으로 살 수 없는 것들》이 나온 뒤 한국에서 가졌던 공개 강의를 나는 잊지 못합니다. 많은 분들이 나의 책을 읽거나 하버드 강의를 온라인 또는 텔레비전으로 접한 뒤 강연에 참석하였고, 나와 대화를 나누며 철학적 여행을 했습니다. 우리는 서로 다른 딜레마에 대해 논쟁을 했고, 의견을 나누었습니다. 이 강의는 우리가 책에서 다루었던 것들뿐 아니라 정의의 기본 원칙과 좋은 사회의 의미에 대해서까지 나아갔습니다.

역사상 가장 큰 상호 작용 철학 강의로 기록될 이 강의에서 나는 고대 아테네 집회에 참석했던 사람들의 모습을 느낄 수 있었습니다. 이견을 가진 사람들이 정중하고 예의를 갖춰 나눈 그 대화는 민주주의 시민 정신이 무엇인지 엿볼 수 있게 해 주었습니다. 그 강의 참석자 중에는 10대 학생들도 있었는데, 그들 역시 놀라운 관심과 의견으로 함께 철학적 여행을 했습니다.

나는 이런 감동을 더 많은 10대 학생들이 느끼길 바랍니다. 《정의란 무엇인가》를 아직 읽기 어려운 여러분들이, 10대가 읽을 수 있도록 핵심 내용을 정리하고 쉬운 내용으로 표현한 《10대를 위한 정의란 무엇인가》를 읽고 나의 질문에 동참해 주기를 희망합니다. 정의, 공동선, 시민의 의미 등 커다란 철학적 물음에 대해 생각하는 즐거움을 10대 학생 여러분에게도 전하고 싶습니다. 더불어 한국 독자들이 내 책에 보여 준 관심, 그리고 민주주의의 희망을 보여 준 영감 있는 여행에 초대해 준 것에 깊은 감사를 표하고 싶습니다.

저자의 말

세상 속으로
또박또박 걸어 들어갈
여러분에게

2014년 늦가을, **신현주**

《10대를 위한 정의란 무엇인가》를 기획하면서 설렘보다는 두려움이 앞섰습니다. 초대형 베스트셀러를 기록한 책이자 세계 석학인 마이클 샌델 교수의 글을, 제가 다시 정리하고 쓴다는 게 가당찮은 일로 보였기 때문입니다. 하지만 용기를 냈습니다. '만약 좀 더 쉽고 만만해 보이는 책으로 다가간다면 더 많은 사람들이 정의에 대해 말하지 않을까?'라는 생각 때문이었습니다. 그렇게만 된다면, 이 사회가 정의롭게 돌아가고 있는지 더 많은 사람들이 고민하고 지켜볼 테니까요. 그래서 욕심을 내어 시작했고 덕분에 버겁고 힘든 여름을 보냈습니다.

 마이클 샌델 교수는 강의를 시작할 때 '생각을 일깨우고 끊임없이 괴롭힐 것이다.'라고 말을 합니다. 바로 여기에 이 책의 의미가 담겨 있습니다. 이 책은 지식을 늘리는 책이 아니라 생각을 일깨우는 책이기 때문입니다. 그래서 당연하다고 받아들였던 모든 것을 끊임없이 의심하며 다소 고달픈 생각의 길을 따라가야 합니다. 하지만 그 여정이 지루하지 않았으면 하는 바람에 한 가지 부탁을 하려고 합니다.

 이 책에 '하버드대 마이클 샌델 교수의 정의 수업'이라는 이름이 붙어 있다고, 우리에게 익숙한 수업만을 떠올리지 마세요. 정해진 시간에 맞춰 무언가를 배워야 하는 수업이 아니라, 내가 원하는 대로 자우롭게 듣는 수업이라고 생각해 주시기 바랍니다. 때론 친구의 블로그를 읽듯이, 때론 소셜 네트워크 서비스의 누군가의 이야기를 듣듯이, 편하고 자유롭게 읽어 주었으면 합니다. 그림만을 보고 싶다면 그림만을 보고, 각 장마다 나오는 사례만 보고 싶다면 사례만 읽으셔도 좋습니다. 원하는 방식대로 읽으시면 됩니다. 그래서 이 책에 흥미가 생겨서 한번 더 보게 되고, 나아가 원저인 《정의란 무엇인가》를 읽는 디딤돌이 되기를 바랍니다.

사실 요즘 십대 여러분을 지켜보기만 해도 숨이 찹니다. 학교에 학원에 배울 것도 읽을 것도 많아 보입니다. 그런데 미안하게도 바쁜 여러분에게 이 책 한 권을 더 보탭니다. 당장 성적을 올려 줄 책은 아니지만 부디 이 책을 읽으며 세상 속으로 또박또박 걸어 들어와 주시길 바랍니다. 그리고 오늘 이 사회를 살아가는 어른들에게 질문해 주세요. "정의란 무엇인가요?" 라고요.

감수자의 말

생각의 깊이만큼
미래는 밝습니다

김선욱 (숭실대학교 철학과 교수)

    마이클 샌델 교수가 하버드 대학 학생들을 상대로 〈정의〉라는 강의를 했을 때 수천 명의 학생들이 몰려와 강의실을 꽉 채웠습니다. 그런데 강의 신청을 하지 않은 학생들까지 몰려들어 더 큰 강당으로 옮겨 수업을 진행해야 했습니다. 그 많은 학생들을 놓고 샌델 교수는 토론식으로 수업을 진행했습니다. 강당 이곳저곳에 여러 명의 조교들이 마이크를 들고 서 있다가 샌델 교수가 지명하는 학생에게 달려가 마이크를 전달하였고, 마이크를 손에 든 학생은 자신이 만족할 만큼 의견을 말하고 난 뒤에 그 마이크를 돌려주었습니다. 그곳은 짧게 말해야 한다거나 당신은 말하면 안 된다는 식의 제약은 없었습니다. 다만 최대한 설득력 있게 논리적으로 전개할 것만 요구되었습니다.

    이런 방식의 강의를 수년간 진행했던 샌델 교수는, 그 강의에서 사용한 중요한 예들과 이론들을 정리해 《정의란 무엇인가》라는 이름의 책을 내놓았습니다. 이 책이 한국에서 2010년에 출간되었을 때 굉장한 반응을 얻었습니다. 한국 사회가 보다 정의로운 곳이 되어야 한다는 생각에 수많은 사람이 사서 읽고, 또 토론회도 열렸습니다. 그러다 최근에 이 책은 보다 정확한 번역으로 다시 출간되었습니다.

    이 책은 공리주의라는 입장을 비판하는 내용으로 시작합니다. 이는 공리주의가 문제가 많은 나쁜 철학이기 때문이 아닙니다. 오히려 공리주의는 우리가 실제로 많이 의존하고 있는 중요한 이론이며, 자본주의의 뿌리가 되는 생각입니다. 많은 사람에게 이득이 가는 효율적인 결정이 여기서 나오기 때문입니다. 그러나 문제는 공리주의를 모든 문제에 적용하려고 할 때 생깁니다. 공리주의는 만병통치약이 아닙니다.

  이 책에서 우리는 여러 이론들을 만나게 됩니다. 다양한 이론은 우리가 하고 있는 다양한 생각을 각각 논리적으로 또 체계적으로 만든 것입니다. 그 중에서도 특히 중요한 이론 및 이론가들을 우리는 만나게 될 것입니다. 하지만 지식만으로는 부족합니다. 우리는 이론이 적용될 상황도 잘 알아야 하고, 또 그 상황과 관련된 사람들이 어떤 사람이며 어떤 삶을 살고 있는지도 잘 이해해야 합니다. 우리는 많은 것을 살피고 생각해야만 바른 결정을 내릴 수 있습니다.

  생각하고 결정하는 일은 귀찮은 일이거나 우리를 번거롭게 하는 일이라 피하고 싶을 때가 많습니다. 하지만 우리가 생각을 피하고 결정을 내리지 않으면, 다른 사람이 제 마음대로 만든 세상에서 우리는 살아야만 하게 됩니다. 우리의 세상을 아름답고 사람이 살 만한 곳으로 만들려면 우리가 직접 이 사회와 정치의 문제에 대해 고민하고 답을 내려야 합니다.

  마이클 샌델 교수는 우리의 생각과 결정을 돕기 위해 여러 예와 이론을 알려 주지만, 판단은 결국 우리의 몫이며 또 우리의 책임으로 남습니다. 우리의 문제를 다른 사람이 대신 답할 수는 없는 일입니다. 그래서 우리들, 특히 10대들이 이 책을 읽고 함께 생각의 길로 들어서길 바랍니다. 젊은이들의 생각의 깊이만큼 우리나라의 미래는 밝을 것입니다.

01 이 책을 읽기 전에

Welcome!
새로운 고민을 함께할 여러분을 환영합니다!

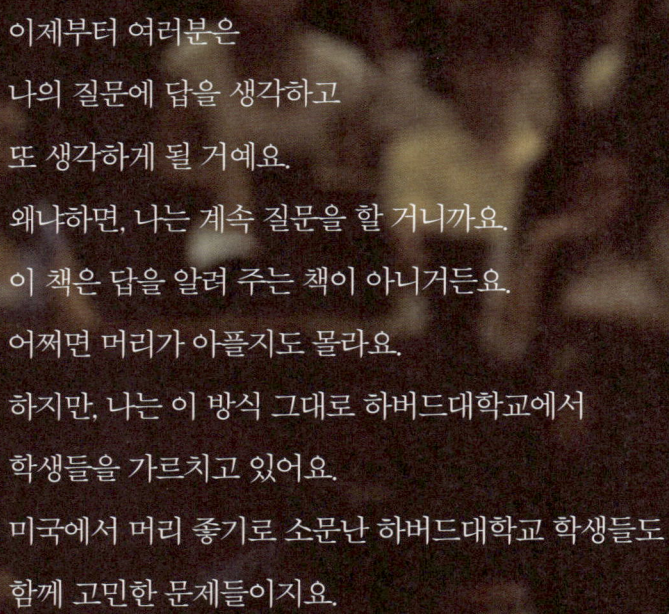

이제부터 여러분은
나의 질문에 답을 생각하고
또 생각하게 될 거예요.
왜냐하면, 나는 계속 질문을 할 거니까요.
이 책은 답을 알려 주는 책이 아니거든요.
어쩌면 머리가 아플지도 몰라요.
하지만, 나는 이 방식 그대로 하버드대학교에서
학생들을 가르치고 있어요.
미국에서 머리 좋기로 소문난 하버드대학교 학생들도
함께 고민한 문제들이지요.

나는 항상 강의를 시작하기 전에 이렇게 말해요.
"생각을 일깨우고 끊임없이 괴롭힐 것이다."
라고요.

세상엔 하나의 답으로 풀 수 없는 문제가 많아요.
그래서 서로 대화하고 다른 사람의 입장을 보며
합의를 이루어 나가는 것이 중요하지요.
다른 사람의 입장에서 문제를 보고 생각하게 하는 것,
내가 가진 생각의 한계를 깨닫는 점이 중요해요.
수많은 이야기와 사람들이 나오지만,
잊지 말아야 할 점이 있어요.
이 모든 이야기는 사회와 공동체를 위해
옳고 바른 점이 무엇인지,
즉 **'정의'**에 대해 고민한다는 점이지요.

이제, **'정의'**란 무엇인지 함께 이야기해 볼까요?

02 누구를 살려야 할까요?

어찌 보면 말도 안 되는 상상!
하지만 우리가 생각해 봐야 할 이야기!

그 이야기를 시작하려 합니다.

여러분이 기차 기관사라고 상상해 보세요.

시속 100km로 빠르게 달리고 있는 기차를 운전하고 있어요.

그때
앞의 선로 위에 일하는 다섯 명의 모습이 보였어요.
하지만 기차를 멈출 수 없었지요.

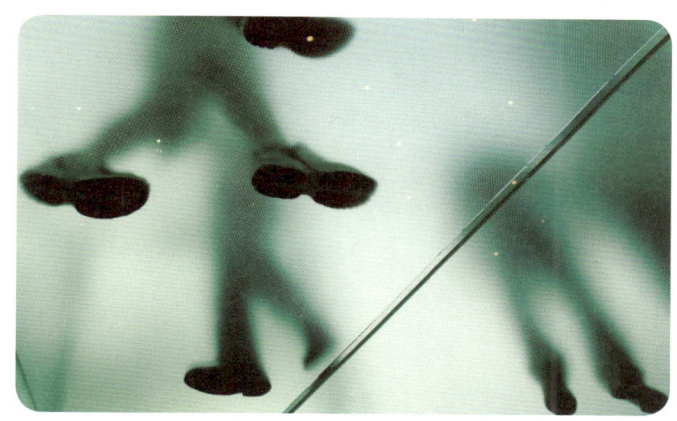

그런데
오른쪽 비상 철로를 보니, 단 한 사람이 일하고 있었지요.
기관사는 고민하기 시작했어요.
"만약 이대로 기차를 그냥 가게 둔다면 다섯 명이 죽고 말 거야.
하지만, 기차를 오른쪽 비상 철도로 돌린다면
한 사람만 죽게 되겠지!"

기차를 어떤 방향으로 향하든
결국 누군가는 죽게 되는 상황

"어떻게 해야 할까요?"

사람들은 서로 다른 생각을 말했어요.

"한 사람을 희생해서
다섯 사람의 목숨을
구하는 것이 옳아!"

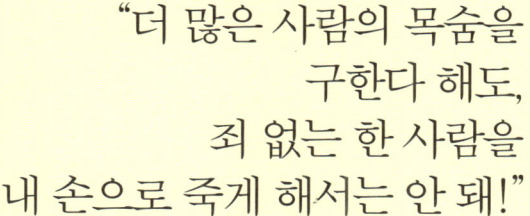

"더 많은 사람의 목숨을
구한다 해도,
죄 없는 한 사람을
내 손으로 죽게 해서는 안 돼!"

사람의 목숨을 이야기하는 끔찍한 상상!
그러나 피할 수 없는 질문을 던져 봅니다.

"여러분이 기관사라면
　　어떻게 하시겠습니까?"

02 누구를 살려야 할까요?

➕ 마이클 샌델이 들려주는 이야기

가장 먼저 '정의'를 이해하는 첫 번째 방식을 생각해 볼게요. 바로 '행복 극대화'라는 방식이에요. 말하자면, 더 많은 사람들을 더 많이 행복하게 하는 것이 좋은 것이라는 생각이지요. 오늘날 정치적, 경제적 문제를 해결할 때 많은 부분 여기에 초점을 두고 있어요.

앞에서 본 전차 기관사의 이야기를 이 방식에 적용해 볼까요? 한 사람보다 다섯 사람이 행복해지는 길을 택한다는 '행복 극대화'라는 방식을 따르면, 한 사람을 희생해 다섯 사람을 구하는 것을 옳은 결정으로 본답니다. 그런데, 아무리 더 많은 사람이 행복해진다고 해도, 죄가 없는 한 사람을 죽게 하는 선택은 잔인해 보이네요. 왜냐하면 그 한 사람의 생명 또한 소중하다는 생각을 버릴 수 없으니까요. 어느 목숨이 다른 목숨보다 소중하다고 말할 수 있을까요?

우리는 문제를 해결하는 과정 속에서 도덕적 원칙들이 충돌하는 것을 알 수 있어요. 다시 전차 기관사 이야기에 적용되는 원칙들을 볼까요? 하나는 가능하면 많은 생명을 구해야 한다는 원칙이고요, 또 하나는 아무리 명분이 옳다고 해도 죄가 없는 사람을 죽이는 것은 잘못이라는 원칙이었어요.

어떤 결정을 내려야 할 때 도덕적 원칙들이 서로 부딪히는 곤란한 상황에 놓일 때가 종종 있어요. 그때 우리는 무엇이 가장 중요한지를 결정하는 과정 속에서, '우리에게 정의란 무엇인가?'를 생각해야 해요. 물론 각각의 원칙들은 모두 나름의 이유가 있기에 하나를 선택하기는 어려워요. 하지만 우리는 가장 중요한 것을 선택하고 또 그에 대한 책임을 져야 해요.

무엇보다도 도덕적으로 충돌하는 문제들을 고민할 때는 혼자 하는 것보다 여

럿이 함께 하는 것이 좋아요. 사람들마다 생각도 다르고 가치관도 다르기 때문에 친구, 이웃, 시민 등과 대화로 함께 고민하는 것이 필요하답니다. 잊지 마세요! 다른 사람들과 더불어 '정의'에 대한 생각을 나누고 서로 비판하면서, 나의 생각을 확인하고 고민하는 것이 이 책의 목적이라는 점을 말이에요.

✚ 한번 더 생각해 보기

위에 제시된 사례는 '전차 기관사의 딜레마'라 불리며 윤리학 교재에서 많이 활용되고 있습니다. 그러나 '기관사가 누구를 죽여야 하는가'라는 점을 이야기하면서, 자칫 생명을 소홀히 다루며 토론할 위험성이 있습니다. 따라서 위 사례가 생각 훈련을 위한 가상의 예라는 점을 분명히 숙지하고 충분히 이해하는 과정이 필요합니다. 가능하다면 부모님과 함께 이 문제를 토론하는 시간을 가져 보시기 바랍니다.

03 미뇨네트호 생존기

1884년 여름의 어느 날
길을 잃고 남태평양을 헤매는 '미뇨네트호'

그 배에는 모두 네 명의 선원이 타고 있었어요.
하지만, 그들이 가진 건 순무 통조림 두 개뿐!
한 병의 물도 없었답니다.

그렇게 8일이 지나고…….
음식은 바닥이 났고,
사람들은 겨우 목숨을 이어 갔어요.

20일째 되던 날
배고픔에 시달리던 선원들은
병에 걸린 나약한 어린 선원 파커를
희생양으로 삼기로 했죠.

"우리는 살기 위해 결정을 해야 해!"

그리고

선원 세 명은 어린 파커의 피와 살로 목숨을 이어 갔어요.
한 사람을 희생시켜 세 사람이 살기로 한 거예요.

그렇게 24일이 되던 날
"아침 식사를 하고 있는데,
배가 나타나 구조되었습니다."
　　　　　　　－선원의 기록

영국으로 돌아온 선원 세 명은
파커를 죽인 뒤 먹었다는 사실을 순순히 자백했어요.

"더 많은 사람들이 살기 위해서는 어쩔 수 없었어요!"

과연 우리는
어떤 판결을
내려야 할까요?

아마도 **제러미 벤담**은 이렇게 말했을 거예요.
"**한** 사람이 **고통**받고 **희생**되어
더 많은 사람이 살았고 **더 많은 사람이 행복**했다면
그것은 옳은 행위입니다. 남은 선원은 무죄입니다."

왜냐하면,

그는 도덕의 최고 원칙은
행복을 극대화하는 것이라 믿었으니까요.

공리주의
공리주의
공리주의

하지만!

우리는 생각해야 합니다.
우리 모두는 각자 행복할 권리를 갖고 있지 않나요?

더 많은 사람을 구한다는 이유로
무고한 한 사람의 생명을 잃게 하는 것이 옳은 일일까요?

어떻게 고통과 행복을
숫자로 계산할 수 있을까요?

여러분이 판사라면

어떤 판결을
내리시겠습니까?

03 미뇨네트호 생존기

✛ **마이클 샌델이 들려주는 이야기**

1884년 '미뇨네트호' 사건은, 영국 전역을 떠들썩하게 했어요. 어린 선원 파커를 죽여서 그 인육을 먹고, 나머지 선원 세 명이 살아 돌아왔기 때문이에요.

목숨을 건진 선원들은 자신들의 행동을 변호했어요. 그 당시 파커는 병들었고 선원 가운데 가장 건강이 좋지 않은 상태였으며, 또 고아였기 때문에 슬퍼할 가족이 없었다는 점을 이유로 들었답니다.

어떤 사람들은 살아 돌아온 선원 세 명과 그 가족들의 행복이 파커 한 명의 행복보다 크기 때문에, 파커를 살인한 죄를 용서해야 한다고 말했어요. 이들은 영국의 철학자이자 법학자인 제러미 벤담으로 대표되는 '공리주의'에 찬성하는 사람들이라고 할 수 있어요.

사실 지금까지도 공리주의는 어떤 결정을 내릴 때 아주 유용하게 쓰이는 원칙이에요. 그래서 현대 사회에서도 정치적, 경제적 문제를 해결할 때 고려하는 원칙이기도 하지요. 왜냐하면 보다 많은 사람들이 만족하는 방향으로 문제를 해결할 수 있거든요. 그러나 공리주의로 모든 문제를 해결할 수 없고, 공리주의만으로 해결해서는 안 되는 일도 있어요. 앞의 미뇨네트호 사례가 여기에 속해요. 우리는 생각해 보아야 해요. 도덕은 무엇일까요? 도덕은 목숨의 숫자를 세고 비용과 이익을 저울질하는 문제일까요? 한 명을 죽이고 세 명을 살려 더 많은 사람이 사는 결과를 가져왔다고, 그것을 옳은 일이라 할 수 있을까요? 아니면 파커의 살 권리를 빼앗은 것은 도덕성을 상실한 끔찍한 살인일까요?

사람이 죽고 사는 문제와 연관하여 숫자를 말하는 것은 어려운 일이에요. 더군다나 미뇨네트호 사례는 생존을 위해 다른 사람의 목숨을 직접 빼앗은 일이었기에 고려할 점도 많아요. 우리는 미뇨네트호 선원들의 행동을 더 많은 사람들이 죽지 않기 위한 어쩔 수 없는 선택으로 보고 용서해야 할까요? 아니면 사람을 죽이는 건 어떤 경우에서라도 해서는 안 되는 행동이라서 용서할 수 없는 것일까요? 이 문제는 친구들과 함께 깊이 있는 토론을 나눠 보기를 권합니다.

➕ 인물 소개

제러미 벤담 Jeremy Bentham 1748~1832 영국의 법학자. 철학자

'최대 다수 최대 행복'이라는 방식으로 공리주의 입장을 표명한 대표적인 공리주의자입니다. 사회는 개인이 모여 이루어진 것이기에, 더 많은 개인들이 행복한 것을 도덕의 기준으로 삼았습니다.

제러미 벤담은 법률가로서 '최대 다수 최대 행복'이라는 원칙이 법적인 판결에서 적용되기를 바랐으며 나아가 사회 정책 수립에 도움이 될 것이라고 믿었습니다.

04
한 생명의 값은 얼마일까요?

어떤 회사의 놀라운 계산법을 소개할게요!
이 회사의 계산은 단순했어요.

'비용 대 편익'

최근에 체코 공화국에서
실제로 일어났던 일이에요.

사람들은 담배를 많이 피울수록
국민의 건강이 나빠질 것이라고 생각했어요.
그래서 담배에 매기는 세금을 높이자는 제안이 나왔지요.

그러자 한 담배 회사가 계산서를 내놓았어요.
세금을 올리지 않아도 된다며,
아주 치밀하고 놀라운 계산서를 보여 주었어요.

"여기에 담배 회사 필립모리스의 계산이 있습니다."

국민이 담배를 피울 때 체코 정부가 얻는 이익 계산	
비용 (담배를 많이 피울 때 나쁜 점)	**편익** (담배를 많이 피울 때 좋은 점)
의료비가 증가한다	– 담배 판매로 조세 수입이 늘어난다 – 담배를 많이 피워 일찍 사망하면 그만큼 정부가 줄 연금이 절약되고 고령자에게 줄 주택 비용도 절약된다

필립모리스는 주장합니다.

"세금 인상은 필요 없어요!

어차피 담배를 많이 피울수록
정부는 이익을 얻으니까요."

담배 회사는 다른 계산도 보여 줬어요.

"보십시오! 필립모리스의 **또 다른 조사 결과**입니다."

국민이 담배를 피울 때 체코 정부가 얻는 이익 계산	
담배를 많이 피울 때의 순수한 세금 수입	담배로 인한 조기 사망자가 생길 때 국가 재정의 절약
1억 4,700만 달러 (※ 약 1,599억 3,600만 원)	**1인당 ˙,277달러** (※ 1인당 약 138만 9,376원)

"따라서 국민이 담배를 피울 때 연간 1억 4,700만 달러의 이익을 얻고 조기에 사망자가 나올 경우 1인당 1,277달러가 절약됩니다."

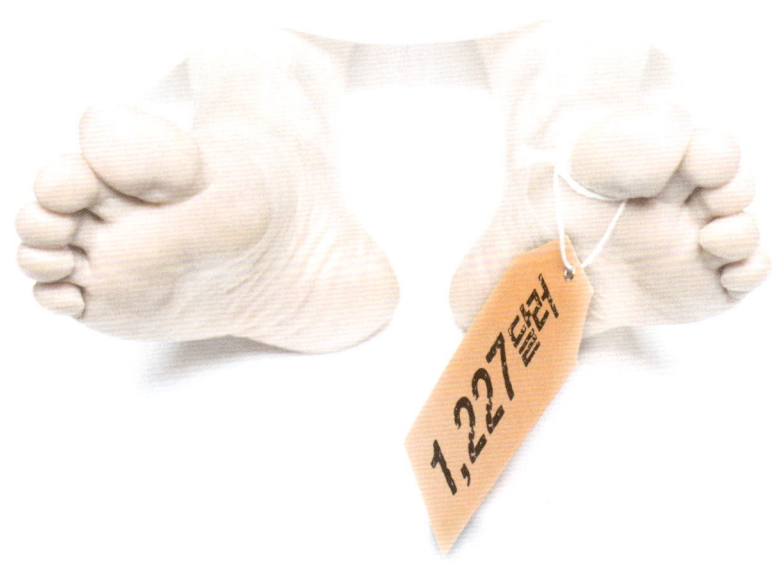

너무나 정확하고 놀라운 계산법
사람의 목숨을 **비용**과 **편익**으로 계산하는 방법

⋮

여러분은 이 계산에 찬성하나요?
과연 생명의 값을 매길 수 있을까요?

04 한 생명의 값은 얼마일까요?

➕ 마이클 샌델이 들려주는 이야기

여러분은 필립모리스의 계산서를 어떻게 보셨나요? 이 계산을 보고 체코 국민들은 분노했어요.

한 사람이 흡연으로 사망할 때마다 체코 정부가 그만큼 이익을 본다는 계산에 아주 놀랐지요. 또한, 흡연으로 사람이 죽을 때조차 이익을 얻을 수 있는 기회라고 말하는 보고서 결과에 경악했답니다.

체코 국민들의 분노는 커져만 갔고, 결국 필립모리스 대표는 대국민 사과를 해야만 했어요.

필립모리스의 보고서는 '비용 편익 분석'으로 나온 것이에요. 어떤 사고가 발생할 때 쓰게 되는 비용과 반대로 얻을 수 있는 이익을 계산해 비교하는 방법이지요. 이러한 '비용 편익 분석'은 공리주의 사고를 보여 주는 가장 좋은 예라고 할 수 있어요. 공리주의자들은 비록 사람 목숨에 가격표를 붙이는 한이 있어도 가능한 체계적으로 비용과 이익을 비교해야 한다고 생각했거든요.

공리주의자들은 사람 목숨을 돈으로 환산할 때 느끼는 거부감을 극복해야 할 충동적 감정이며, 명확한 사고와 합리적 선택을 방해하는 것이라고 주장해요. 그러나 공리주의를 비판하는 사람들의 생각은 달라요. 사람 목숨에 대해서 값을 매기고 숫자를 세고 비용과 이익을 저울질하는 문제가 도덕적인가 하는 점에 의문을 제기해요. 이들은 모든 가치와 행위를 하나의 저울로 계량하거나 비교할 수 없다고 생각해요. 특히 사람의 목숨까지 돈으로 따지는 행태는 잘못이라고 말하고 있어요.

만일 사람의 목숨을 포함한 모든 가치를 동일한 기준으로 계산할 수 없다면 공리주의자들이 말하는 '최대 다수의 최대 행복'은 틀린 말이 될 거예요. 어떤 것이라도 단일한 기준으로 바꾸어 계산할 수 없다면 공리주의의 이론은 쓸모없는 것이 되고 말 테니까요. 왜냐하면 공리주의자들의 기준은 우리가 잘 알고 있는 '최대 다수의 최대 행복'이라는 기준 하나뿐이니까요. 이 문제는 다음 장에서 존 스튜어트 밀을 만나서 좀 더 이야기해 봅시다.

05 행복은 누구에게나 똑같을까요?

나를 더 행복하게 하는 것은 무엇인가요?

어느 날 TV를 켰어요.
영국의 유명한 극작가 셰익스피어의 연극이 나오네요.

채널을 돌렸더니…….
만화 영화 〈심슨 가족〉이 보여요.

여러분은 어떤 것을 보실래요?
어느 것을 보는 것이 더 가치 있을까요?

JEREMY BENTHAM 제러미 벤담

"셰익스피어 연극이든
만화든 상관없소.
더 많은 사람들이 보는 것이면
좋은 것이오.
더 많은 사람에게 더 많은 행복을
주었으니 말이오.
중요한 건 더 많은 시간
더 많은 사람을 즐겁게 하면
되는 거니까."

하지만,

셰익스피어 연극이 훨씬 더 수준 높은
즐거움을 준다고 말하는 사람도 있어요.

JOHN STUART MILL 존 스튜어트 밀

"수준 높은 즐거움을 느끼려면
교육이 필요하지만,
알아 갈수록 사람들은
수준 높은 즐거움을
더 좋아하지요.
만족하는 돼지보다는 만족하지
못하는 인간이 낫습니다.
수준 높은 것과 수준 낮은 것의
차이는 있습니다."

만약, 이 이야기가 '정의'에 대한 이야기라면요?

"어떤 게 더 가치 있는지는
따질 수 없소!
좋은 건 좋은 것이고
고통은 고통이지.
사람에게는 모두 똑같단 말이지.
더 많은 사람을 행복하게 만든다면
그게 정의라오."

제러미 벤담

JEREMY BENTHAM

JOHN STUART MILL

존 스튜어트 밀

"모든 가치를 하나의
저울로 달 수는 없소!
더 많은 사람들이
행복한 것뿐만 아니라,
더 수준 높은 행복을
이룰 수 있게 하는 것이
옳은 일이라 할 수 있다오."

왜,

사람들은 만화 영화가 더 재미있으면서도,
셰익스피어 연극을 보는 것을
더 가치 있는 고급문화로 생각할까요?

아마도 존 스튜어트 밀은 이렇게 말할 거예요.
"더 가치 있는 행복이 있습니다.
그리고 사람에겐 셰익스피어를 위대한 예술로
느낄 수 있는 인간다운 존엄이 있습니다.
사회는 모든 개인의 행복을 똑같은 저울로
계산해서는 안 됩니다."

행복은 누구에게나 다 똑같을까요?
과연 더 가치 있는 행복이 있을까요?

더 많은 사람들을
행복하게 만드는 정의는
무엇일까요?

05 행복은 누구에게나 똑같을까요?

＋ 마이클 샌델이 들려주는 이야기

사람들은 같은 것을 경험하면 똑같은 행복을 느낄까요? 아마도, 제러미 벤담이라면 '네.'라고 대답할 거예요. 그는 즐거움이나 고통의 종류가 아니라, 그것을 얼마나 강하고 오래 느끼는가를 중요하게 보았거든요. 또 어떤 것이 다른 것보다 질적으로 더 가치가 있다고 판단하는 것에 반대했어요. 그래서 제러미 벤담을 '양적 공리주의자'라고 부르기도 해요.

그러나 공리주의의 또 다른 대표 학자인 존 스튜어트 밀은 제러미 벤담과는 다른 생각을 가졌어요. '공리주의에서도 고급 즐거움과 저급 즐거움을 구별할 수 있다.'고 했거든요. 다시 말하면, 가치가 크고 작은 것을 구별할 수 있고 행복의 질을 따질 수 있다는 말이에요. 그래서 밀을 '질적 공리주의자'라고 불러요.

사람에게는 물질에서 얻는 행복도 중요하고, 정신적인 활동으로 얻는 쾌락도 중요하다고 볼 수 있어요. 그런데 어떤 사람은 물질이 주는 쾌락에만 관심을 쏟고 몰두하는가 하면, 어떤 사람은 물질적인 면과 함께 정신적인 것에도 관심을 기울이기도 해요. 그렇다면 이 두 사람이 갖는 행복에는 어떤 차이가 있을까요? 존 스튜어트 밀은 비록 고생을 하더라도 정신적인 활동을 하는 사람의 행복이, 물질적인 것에만 빠져 기쁨을 누리는 사람의 행복보다 가치가 있다고 보았어요.

같은 공리주의자이지만 제러미 벤담과 존 스튜어트 밀의 주장에는 차이가 있어요. 제러미 벤담은 '최대 다수 최대 행복'이라는 한 가지 기준만을 제시했지만, 존 스튜어트 밀은 즐거움과 행복의 질적인 부분까지 강조했거든요. 결국 존 스튜어트 밀은 사회 전체를 위하여 여러 가지 가치 있는 것들을 권함으로써 사회 전체의 행복이 더 커질 수 있도록 해야 한다고 보았어요. 바로 이 점이 존 스튜어트 밀의 견해를 공리주의로만 한정지을 수 없는 부분이기도 합니다.

여기서 주목할 것은 가치 있는 일을 판단할 때 개인의 권리를 중요시했다는 점이에요. 정의를 결정하는 데 있어서 개인의 권리는 많은 논쟁거리를 가져왔어요. 이 문제는 다음 장에서 자유지상주의자들의 생각을 들어 보면서 더 깊이 고민해 볼까 합니다.

➕ 인물 소개

존 스튜어트 밀 John Stuart Mill 1806~1873 영국의 경제학자, 철학자

제러미 벤담을 이은 공리주의의 대표 학자라 할 수 있습니다. 제러미 벤담이 모든 행복을 똑같은 가치로 보고 그 양을 중요시했다면, 존 스튜어트 밀은 행복의 질을 중요하게 여겼습니다. 그래서, 모든 행복은 똑같은 가치를 가진 것이 아니며 즐거움에도 질적인 차이가 있다고 보았기 때문에 '질적 공리주의자'로 불린답니다.

06 부자와 가난한 자를 위한 정의

해마다 가을이면
미국의 유명한 경제 잡지에서는 부자 명단을 발표해요.

그리고 밝혀진 놀라운 점!

미국의 부자 명단을 보면 놀라운 점을 발견할 수 있어요.
상위 1퍼센트 부자가 미국 전체 부(富)의
3분의 1을 갖고 있다는 거예요.
이는 미국 인구의 90퍼센트에 해당하는 사람들의 부를
모두 합친 것보다 더 많은 액수이지요.

또, 상위 10퍼센트 부자들이 미국 전체 부의 약 71퍼센트를 갖고 있다고 해요.

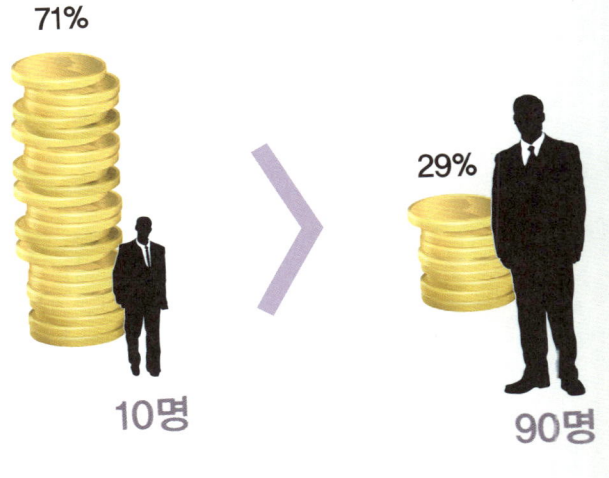

正 바를 정

무엇이 '정의'일까요?

義 옳을 의

: 사람이 지켜야 할 바른 도리

JUSTICE

"내가 정당하게
번 돈입니다.
떳떳하게 번 돈이라고요!
세금을 더 많이 내라고요?
정부가 내 돈을
가져갈 순 없습니다!"

"부자들은 혼자서 부자가 된 건 아닙니다.
그들은 함께 사는 사회에 빚이 있습니다.
더 많은 세금을 내서
가난한 사람들을 도와야 합니다!"

여러분은 어느 쪽에 손을 들어 줄래요?

06 부자와 가난한 자를 위한 정의

✤ **마이클 샌델이 들려주는 이야기**

이제부터 '정의'에 있어서 개인의 권리에 대한 문제를 생각해 보려고 해요. 우리는 앞 장에서 숫자로 행복을 계산하는 '공리주의'에서 한 발자국 더 나아간 존 스튜어트 밀을 만나 보았어요.

그는 가치의 문제를 고민했지요. 그래서 더 많은 사람들의 행복을 말하면서도, 개인의 권리와 인권에 대한 근본적인 고민을 던졌어요. 존 스튜어트 밀은 "만일 우리가 정의를 실행하고 권리를 존중한다면, 장기적으로 볼 때 사회 전반이 더 좋아질 것이다."라고 말했어요. 시민의 권리를 존중하는 것이 결국에는 모두를 더 행복하게 만든다는 이야기지요.

정말 그럴까요? 만일 예외적으로 개인의 권리를 침해했더니 사람들이 더 좋아지는 일은 없을까요? 아니면 개인의 권리는 어떤 상황에서든 가장 존중받아야 할 가치일까요?

정의와 권리의 문제를 풀기 위해서는, 개인의 권리를 가장 중요시하는 주장들을 들어 보아야 해요.

바로 '자유지상주의'를 주장하는 사람들의 의견이에요. 자유지상주의자들은 "개인은 하나의 독립된 존재로서 존중받을 가치를 지니고 있다."고 말해요.

이 이야기는 무엇을 말하고 있을까요? 한번 이 문제를 떠올려 보세요. 소수의 부자가 다수의 사람들이 가진 것을 합친 것보다 훨씬 더 많이 가진 경제 불평등의 문제를 고민해 보는 거예요. 사실, 경제 불평등의 문제는 다른 어느 민주 국가보다 미국에서 훨씬 더 두드러지게 나타나고 있답니다. 이제 경제 불평등을 해결하기 위한 방법을 서로 다른 입장에서 생각해 보세요. 소수인 부자들의 권리와 다수의 가난한 사람들 사이의 경제적 불평등을 해결해 보는 방법은 무엇일까요? 우리는 서로 다른 의견들을 고민하는 그 과정 속에서 '정의'란 무엇인가에 대한 또 다른 해답을 발견할 수 있을 거예요.

07 부자에게 더 많은 세금을?

한 시즌에 3,100만 달러(약 300억 원)가 넘는 돈을 받았던
미국의 부자 농구 선수 마이클 조던!
그는 가난한 사람들을 돕기 위해
세금을 더 내야 할까요?

먼저, 찬성하는 사람들의 이야기를 들어 볼래요?

"전체의 행복이 커집니다."

더 많은 사람에게 더 많은 행복을 주는 것이 '정의'라고 생각하는 사람들입니다.
왜냐하면 마이클 조던에게서 세금을 받아서 형편이 어려운 100명을 도와준다면 행복한 사람은 더 많아지니까요.

하지만 반대하는 사람들도 있어요.

많이 벌었다고 세금을 많이 내라는 것은
옳지 않다고 말하고 있어요.
다른 사람의 권리를 침해하지 않고
정당하게 돈을 많이 벌었다면 말이에요.

"개인의 권리를 존중해야 해요.
정당하게 더 많이 벌었는데
더 많이 세금을 가져가는 건
옳지 않아요!"

찬성과 **반대**의 주장을 조금 더 들어 볼게요.

사람들은 강제로 일하는 게 아니에요.
원하는 만큼 일하고 일한 만큼 세금을 내고 있잖아요!

정당하게 일해서 돈을 버는데 왜 세금을 더 내야
하는 거죠? 그건 내 권리를 빼앗는 거예요.
내 것을 왜 국가가 마음대로 세금이라며
가져가려고 하나요?

부자에게 별것 아닌 1달러가
가난한 자에게는 꼭 필요한 돈이 될 수 있어요.
마이클 조던은 경기를 혼자 하는 게 아니에요.
혼자만 많이 버는 것은 다른 동료들에게
빚을 지는 거예요. 그 빚을 세금으로 갚아야 해요.

하지만 다른 동료들도 이미 대가를 받았어요.
그리고 동료들에게 빚을 졌다고
마이클 조던의 돈으로 가난한 사람에게
음식과 돈을 주는 건 정당하지 않아요.

 민주 사회 시민이라면 법에 의해 정해진 세금을 내야 해요.

 가난한 다수가 정한 법으로 부자인 소수에게 많은 세금을 부과하는 게 정당할까요? 그렇다면 개인의 권리는 어떻게 되는 것인가요? 민주 사회 시민이니 사회의 결정에 무조건 따르라고 할 수 있을까요? 마이클 조던의 재능과 기술은 모두 마이클 조던의 것이에요. 더 많은 세금을 내는 것은 그 재능을 사회가 소유하려는 거예요.

 마이클 조던은 농구가 인기 있는 시대에 태어난 행운아예요. 자신의 재능만으로 큰돈을 번 건 아니지요. 그런데 그 돈을 다 가져가야 할까요?

여러분은 '**찬성**' 인가요? '**반대**' 인가요?
과연 무엇이 '**정의**' 일까요?

Robert Nozick

자유지상주의자

여기서 잠시 '로버트 노직'의 이야기를 들어 보려고 해요.
자유지상주의자라고 불리는 사람의 생각을요.

> 하나, 돈을 벌 때 부정하게 벌진 않았나요?

> 둘, 자유롭고 자발적인 거래로 돈을 벌었나요?

두 가지 질문에 모두 '예'라고 말한다면
부자에게 더 많은 세금을 내라고
하는 것은 정당하지 않습니다.

과연 이 말은 옳은가요?

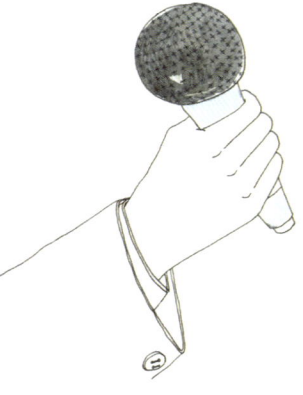

로버트 로직은 또 이렇게 말해요.

"내 수입의 일부를 달라는 건,
내 시간을 달라는 것이고
나에게 무엇을 하라고
강요하는 것과 같습니다.
이것은 나 자신에 대한 소유권을
그들에게 주는 것입니다.
나는 나만이 소유할 수 있어요."

아! 그렇군요!

결국 로버트 노직은
'부자에게 더 많은 세금을 부과해서
가난한 사람들을 돕는 것'에 반대하고 있어요.
**불균등한 세금을 통해
부의 불평등을 줄이려는 것은
옳은 일이 아니라고 보고 있네요.**

로버트 노직 씨!
잠깐만요!
질문이 있어요!

마이클 조던의 재능이

오로지 마이클 조던만의 것인 것처럼,

나는 나만이 소유할 수 있다고요?

그럼, 내가 소유한 콩팥을 마음대로 팔아도 되지 않나요?

그런데, 왜 자기의 콩팥을 마음대로

사고팔지 못하게 할까요?

과연 우리는 우리를 소유하고
있는 것인가요?

07 부자에게 더 많은 세금을?

➕ 마이클 샌델이 들려주는 이야기

부자와 가난한 사람들의 경제적 차이를 줄이기 위해 부자에게 더 많이 세금을 내게 하는 것은 정의로운 일일까요? 이 문제를 미국 농구 역사상 가장 뛰어난 선수이자 높은 소득을 기록한 마이클 조던의 이야기를 통해 고민해 보려고 해요. 이 장에서는 개인의 권리와 기본권을 강조하는 '자유지상주의자'들의 입장을 들어 보는 것에 초점을 맞춰 볼게요.

자유지상주의자들은 비록 내게 도움이 된다고 해도 나의 권리를 침해하고 간섭하면 안 된다고 주장해요. 예를 들면 국가가 안전벨트를 강제로 착용하게 하는 것에도 반대하고, 법으로 도덕을 장려하는 것에도 반대를 해요. 또 세금을 거둬서 가난한 사람들을 돕는 것에도 반대를 하지요. 이 모든 것이 개인의 자유라는 기본권을 침해한다고 생각하기 때문이에요.

로버트 노직은 자유지상주의 입장을 대표하는 학자예요. 그는 "내가 노동해서 얻은 수입에 세금을 부과한다면 그것은 강제 노동과 마찬가지다."라고 말해요. 내가 나를 소유하기에 내가 한 일의 보상을 모두 가져야 한다고 본 거예요. 만일, 훔친 것이 아니라 합법적인 것으로 자유로운 시장 교환을 통해서 돈을 벌었다면 모든 수입을 가질 자격이 있고, 내가 일해서 얻은 소득을 국가나 공동체가 가져갈 수 없다는 것이지요. 예를 들어서, 마이클 조던에게 많은 세금을 부과해 가난한 사람을 돕는다면 마이클 조던의 권리를 침해한다고 보는 입장이라 할 수 있어요.

그러나, 내가 내 몸과 나라는 사람을 소유하고 있다는 생각은 곧 문제에 부딪치고 말아요. 한 가지 예를 들어 볼게요. 왜, 국가는 콩팥 등 사람의 장기를 마음대로 돈을 주고 사고팔지 못하게 할까요? 이 한 가지 예만 생각해 보아도, 로버트 노직 등 자유지상주의자들의 주장에 의문이 들지 않나요? 이렇듯 자유지상주의자들의 주장은 뜨거운 논쟁을 불러일으키기에 충분하답니다.

➕ 인물 소개

마이클 조던 Michael Jordan 1963~ 미국 농구 선수
미국의 '농구 황제'라 불리며 미국 농구 역사상 가장 위대한 선수로 평가받은 뛰어난 농구 선수입니다. 1984년부터 2003년까지 NBA(전미농구협회)에서 활약했으며, 농구뿐 아니라 광고 모델로도 인기가 높아서 엄청난 수입을 기록했습니다. 2013년 미국의 경제 잡지 '포브스'에 따르면 은퇴한 선수 가운데 여전히 최고의 수입을 유지하고 있다고 합니다.

로버트 노직 Robert Nozick 1938~2002 미국 정치철학자
1969년 30세의 젊은 나이로 하버드대학교 철학과 정교수가 되었습니다. 정부의 역할이 커서는 안 되며 그 역할을 최소화해야 한다는 최소 국가론을 주장했습니다. 미국의 대표적인 자유지상주의 철학자입니다.

08 군인을 찾습니다?

1862년 미국의 남북 전쟁 당시 신문에 실린 한 광고

모든 것을 돈으로 살 수 있을까요?

미국에서 남북 전쟁이 한창이었던 때,
북부에서나 남부에서나 군인을 모집하기 위한
방법이 있었어요.

"나 대신 전쟁에 나가 주세요. 그러면 돈을 드립니다!
전쟁에 나가기 싫다면 정해진 돈을 내세요.
그러면 면제해 드립니다!"

The New York Times

VOL. 3

Published: October 4, 1861

WANTED

"전쟁에 대신 나갈 사람(대리인)을 찾습니다! 1500달러까지 드립니다!"

JEFFERSON CITY, Thursday, Oct. 3.
The following is a special dispatch to the St. Louis Democrat:
Dr. WHITE, of Col. MULLIGAN's Brigade, rived here in the Sedalfa ain at an early hour is morning, and brings formation from Lexington p to Monday night.
Gen. PRICE had eft Lexington with the main body of his force, and is ving southward for pose of effecting a ju n with BEN MCCU H, after which he

Dr. WHITE represents that Gen. PRICE is decided upon this point, having been elated and intoxicated by his victory at Lexington. He says that Gen. PRICE anticipates an easy victory over Gen. FREMONT at this point, and then intends to move on to St. Louis.
There were no less than 24,000 rebels ready to rise and will, and welcome him with arms in their hands.
Dr. WHITE thinks that the rebels will endeavor to get between us and the forces at Georgetown, and surround and cut off Gen. DAVIS

전쟁에서 싸우고 싶지 않은 사람들은
전쟁에 대신 나갈 사람을 사서 내보내거나
정부에 돈을 내면 전쟁에 나가지 않아도 되었지요.

그리고 시간이 흐르고 흐른 오늘날
미국에서 군인을 모집하는 방법을 볼까요?

"군대에 지원한다면 월급을 넉넉히 드려요. 그리고 대학 학비와 생활비를 지원해 드려요."

전쟁에 대신 나갈 사람을 돈으로 구하던
남북 전쟁의 군인 모집 방법과 군인으로 자원하는 사람들에게
금전적 혜택을 주는 현재 미국의 군인 제도는
서로 비슷하지 않은가요?

과연 이것이 정의로운 제도일까요?

자유지상주의자

나는 문제가 없다고 봅니다!
"사람들이 자유롭게 합의한 것입니다.
자유로운 교환을 간섭하는 것,
이 또한 개인의 자유를 침해하는 거예요."

공리주의자

나도 문제가 없다고 봅니다!

"군대에 가고 싶지 않은 사람은
군대에 가지 않아서 행복하고
돈이 필요한 사람은
돈을 얻어서 행복하잖아요.
그래서 더 많은 사람들이
행복해졌으니까요."

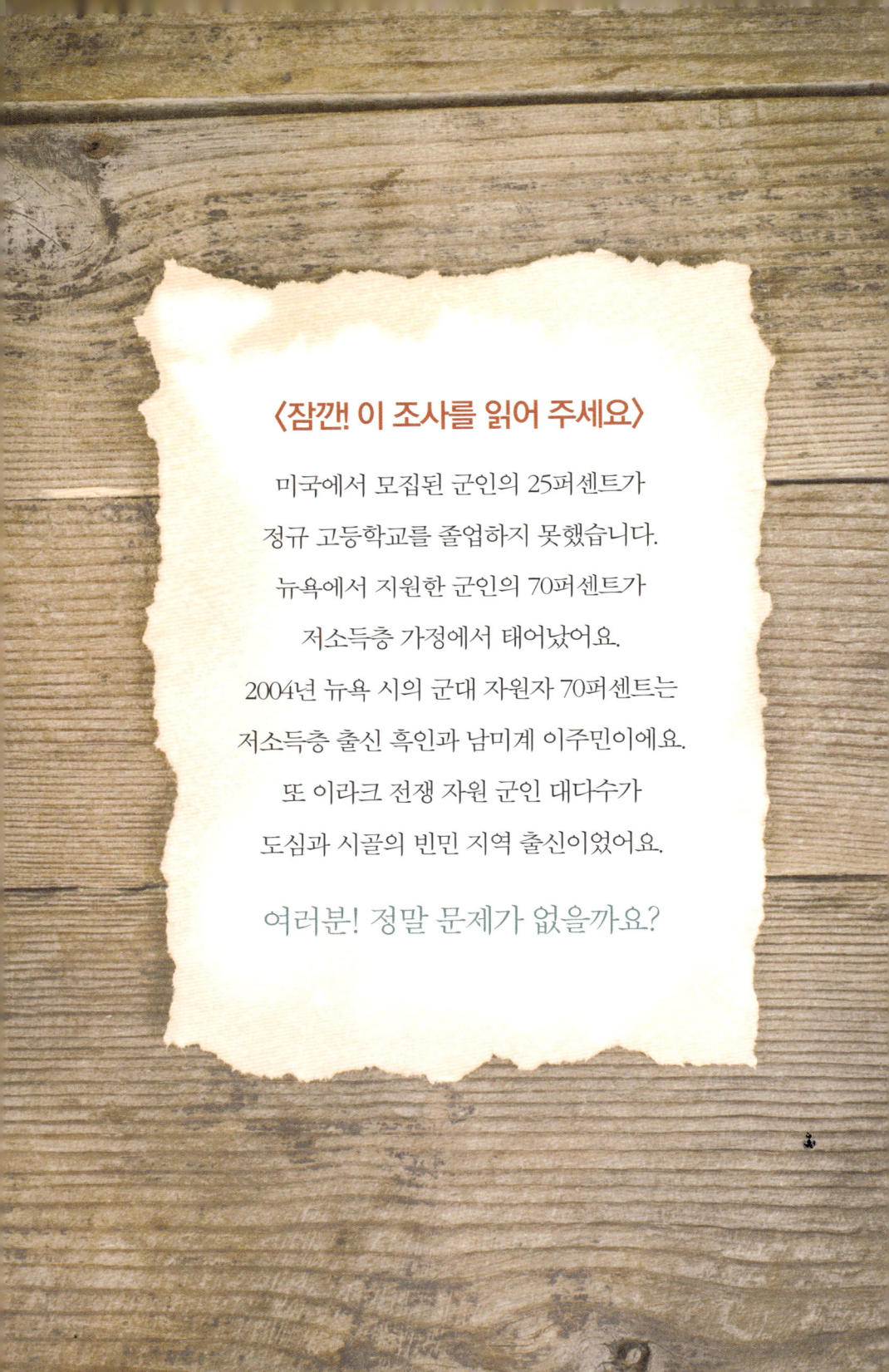

〈잠깐! 이 조사를 읽어 주세요〉

미국에서 모집된 군인의 25퍼센트가
정규 고등학교를 졸업하지 못했습니다.
뉴욕에서 지원한 군인의 70퍼센트가
저소득층 가정에서 태어났어요.
2004년 뉴욕 시의 군대 자원자 70퍼센트는
저소득층 출신 흑인과 남미계 이주민이에요.
또 이라크 전쟁 자원 군인 대다수가
도심과 시골의 빈민 지역 출신이었어요.

여러분! 정말 문제가 없을까요?

나는 문제가 있다고 생각합니다!
"가난 때문에 군인이 되기를 선택한 사람들이 많아요.
그렇다면 이것은 스스로 원해서 한
선택이라고 볼 수 없습니다."

나도 문제가 있다고 생각합니다!
"국방의 의무는 모두에게
공평하게 지워지는 의무입니다.
누구에게나 공평한 시민의 책임이 아닌가요?"

모든 것을
돈으로 살 수 있을까요?

우리의 선택은 얼마나 자유로운 것일까요?

08 군인을 찾습니다?

마이클 샌델이 들려주는 이야기

정의를 이야기하면서 '시장', '자유 시장'이란 단어가 자주 등장합니다. 시장은 물건을 사고파는 곳이에요. 그리고 어떤 규제나 제약 없이 사람들의 자유로운 의사에 따라 재화를 사고파는 거래가 가능한 제도 등을 포함하여 흔히 '자유 시장'이라고 해요.

그렇다면 오늘날 '자유 시장'의 한계는 어디까지일까요? 돈으로 살 수 없는 것과 사서는 안 되는 재화도 있을까요? 그렇다면 그것은 어떤 재화이고 그것을 사고파는 것이 왜 문제가 될까요?

앞에서 미국의 군대 제도를 예로 들었어요. 한국의 성인 남자는 국방의 의무가 있어서 모두 일정 기간 동안 나라를 위해 군인이 되어야 하지만, 미국은 평상시에는 '모병제'를 채택하고 있답니다. 그래서 만약 어떤 사람이 군인에 된다면 학자금 지원 및 생활비 지원 등 금전적으로 큰 혜택을 받을 수 있어요. 물론 전쟁이 나면 일정 연령 이상의 국민은 반드시 군인으로 일정 기간 복무해야 하지요.

'자유지상주의자'는 미국의 모병제에 대해서 찬성하고 있어요. 이들은 사람들이 스스로 자신의 의사에 따라 자유로운 거래를 이루는 것이 개인의 자유를 존중하는 길이라고 본답니다. 만약 자유롭게 사고파는 교환을 막는다면 오히려 자유 시장에 간섭하는 것으로 개인의 자유를 침해하는 것이라고 말해요. '자유지상주의자'와 함께 찬성하는 사람들이 있어요. 바로 '공리주의자'예요. 공리주의자들은 모병제야말로, 군인이 되고 싶지 않은 사람들과 군인이 되어서 가질 수 있는 혜택이 필요한 사람들 모두가 행복해지는 제도라고 말해요. 결국 전체의 행복이 커진다는 점에서 찬성하는 거예요.

하지만 자유 시장에 대해 회의적인 주장을 하는 사람들이 있어요. 이들은 시장에서 이루어지는 선택이 겉보기처럼 자유롭지 않다고 주장해요. 많은 사람들이 스스로 군인이 되고 싶어서 자원하는 것이 아니라, 가난하고 돈이 필요하기 때문에 어쩔 수 없이 선택할 수밖에 없는 상황이라고 말해요. 왜냐하면 돈을 벌 수 있는 다른 대안이 없는 가난한 사람들에게 강제적인 선택일 수 있으니까요.

또 다른 사람들은 국방의 의무는 시민의 의무이기에 돈으로 사고팔면 안 된다고 생각해요. 시민의 의무를 저버리는 것으로 보기 때문이에요. 또한 신성한 국방의 의무라는 의미도 잃어버린다고 주장해요. 돈을 받고 일하는 사람들에게 국가에 충성스런 군인을 기대할 수 없기에, 국방의 의무를 제대로 수행할 수 있을지 의문을 가져요. 따라서 국방의 의무는 공동의 의무로 지켜야 한다고 말한답니다.

그렇다면 다시 생각해 볼까요? 군인으로 나라를 위해 일하는 것은 모든 시민이 수행해야 할 의무일까요, 아니면 위험한 일의 하나로 시장에 맡겨야 할까요? 또, 민주 사회의 시민은 서로에게 어떤 의무를 지고, 그 의무는 어떻게 생기는 것일까요?

흔히 우리가 시장에서의 정의를 이야기할 때, 사람들 사이의 자유로운 선택과 합의를 강조해요. 바로 여기에서 생각해 보아야 할 점이 있어요. 사람들 사이의 선택과 합의가 정말 공정한 상태에서 이루어지고 있느냐는 거예요. 그럼, 다음 장에서는 '합의'에 대해 좀 더 이야기해 볼게요.

기이한 거래
'베이비 M'을
아시나요?

09

이 아이는,
누가 길러야 할까요?

아이를 갖지 못하는 윌리엄 스턴과 엘리자베스 스턴 부부는

'대리모'를 찾는 광고를 냈어요.
: 돈을 받고 다른 사람의 아이를 낳아 주는 여자

그리고 환경미화원의 아내였던

메리 베스 화이트헤드를 만났지요.

스턴 부부와 메리 베스 화이트헤드는

거래를 시작했어요.

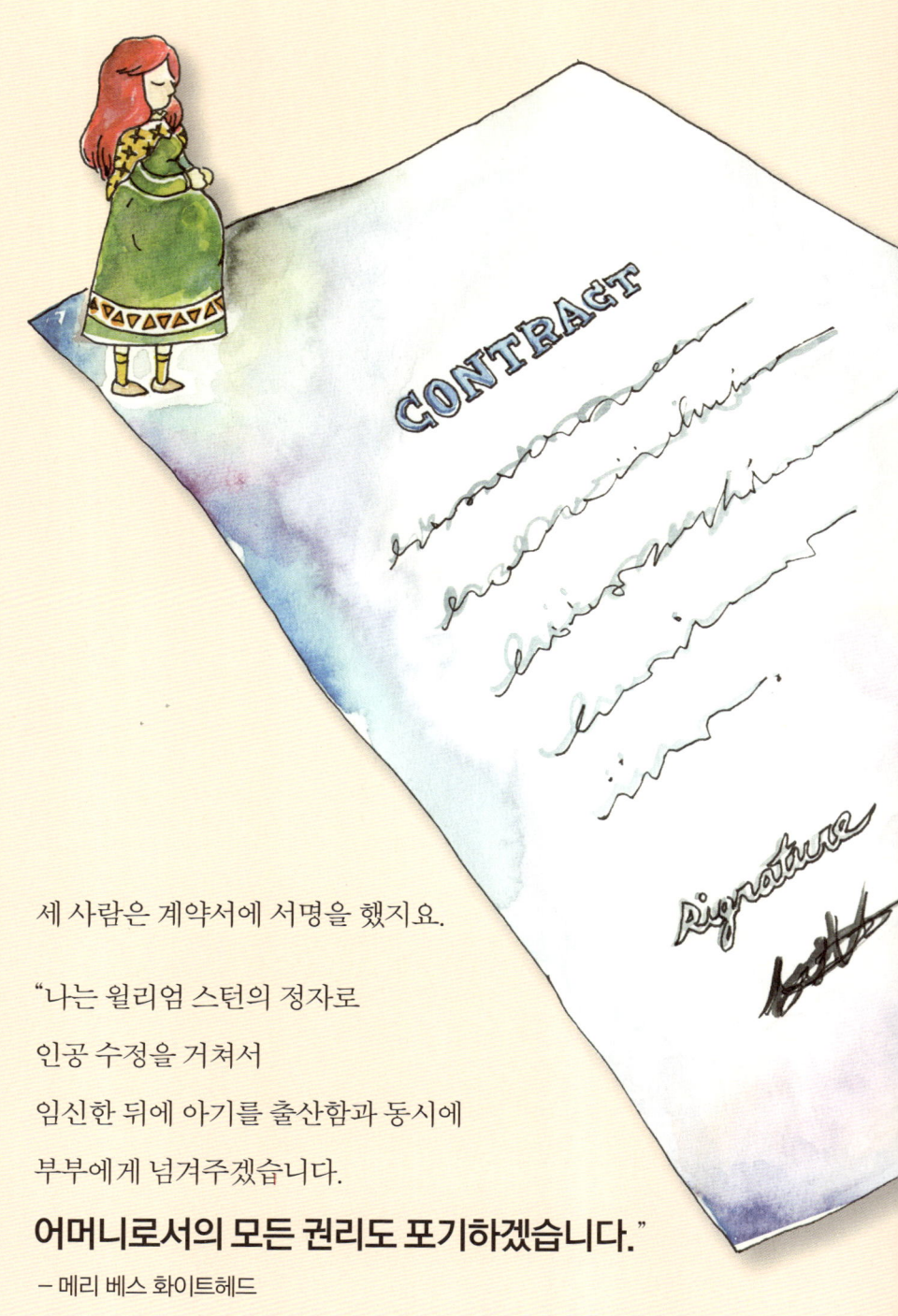

세 사람은 계약서에 서명을 했지요.

"나는 윌리엄 스턴의 정자로
인공 수정을 거쳐서
임신한 뒤에 아기를 출산함과 동시에
부부에게 넘겨주겠습니다.
어머니로서의 모든 권리도 포기하겠습니다."
— 메리 베스 화이트헤드

"우리 윌리엄 스턴과 엘리자베스 스턴은 아이를 기르겠습니다. 메리 베스 화이트헤드에게 1만 달러와 출산에 든 **모든 비용을 내겠습니다.**"

– 윌리엄 스턴

1년 뒤, '베이비 M'이 태어났지만 문제가 생겼어요.
메리 베스 화이트헤드가 아기를 주지 않고
아기와 함께 도망을 갔거든요.

결국 이 사건은 소송으로 이어졌지요.

첫 번째 판결은 스턴 부부의 손을 들어 주었어요.

"본래 어느 쪽에게 유리한 거래라고 할 수 없습니다.
서로가 원하는 것을 갖고 있었고,
메리 베스 화이트헤드는 자발적으로 합의한 거예요.
서로가 대가를 정한 다음 계약을 한 것입니다.
따라서, **아기의 양육권은 스턴 부부에게 있습니다.**"

하지만 두 번째 판결은 달랐어요.

"**대리 출산 계약은 무효**입니다.
대리모는 아기를 낳자마자 준다는 것이
어떤 것인지에 대해 충분한 정보를 갖고 있지 않았어요.
그러나 아기 M의 양육권은 윌리엄 스턴에게 줍니다.
왜냐하면 그것이 아이에게 최선이니까요.
메리 베스 화이트헤드 역시 아이의 어머니이므로
원할 때 아기를 볼 수 있어야 합니다."

서로 다른 판결을 낸 두 법원,
과연 대리모 계약은 유효하다고 할 수 있나요?

과연 계약은

유효할까요?

⋮

무효일까요?

⋮

그리고
우리는 돈으로 모든 것을 살 수 있을까요?

09 이 아이는, 누가 길러야 할까요?

✚ 마이클 샌델이 들려주는 이야기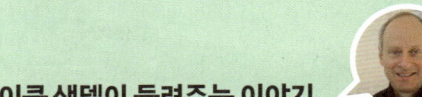

2002년, 인도는 외국인 고객을 유치할 목적으로 상업적 대리 출산을 합법화했어요. 즉 인도에서는 돈을 받고 아이를 낳아 주는 것이 법적으로 문제가 없다는 것이지요. 2008년에는 인도 서부 아난드라는 도시의 여성 50여 명이 미국, 타이완, 영국 등에 사는 부부를 위해 대신 임신을 해 주었답니다.

아난드의 한 병원은 요리사, 의사까지 갖춘 시설을 마련해 놓고 대리모 열다섯 명을 고용해서 전 세계에서 고객을 맞았다고 해요. 대리모가 되는 여성들이 받는 돈은 미국 돈으로 4500~7000달러였는데, 인도 여성이 보통 15년 이상 일해야 벌 수 있는 액수라네요. 하지만 이 돈은 미국에서 대리모에게 주는 돈의 3분의 1 수준에 불과해요.

과연 돈을 받고 자궁을 빌려주어 아이를 키우고 낳아 주는 대리 출산은 문제가 없을까요? 이 문제에 대해서도 서로 다른 의견이 제시되고 있어요.

먼저, 서로가 동의하고 자발적으로 결정한 계약이었기 때문에 문제가 없다고 보는 사람들이 있어요. 흔한 거래는 아니지만 자유로운 거래라고 보는 것이지요. 어떤 선택과 거래를 하였든 다른 사람의 권리를 침해하지 않는 한 그 선택을 존중해야 정의를 이룰 수 있다고 보았답니다. 또한 이로 인해서 아이를 얻는 쪽과 돈을 얻는 쪽 모두가 행복해진다고 보았어요.

반대로 문제가 있다는 입장도 있어요. 그들은 먼저 이것이 정말 자유로운 거래인지 의심하지요. 자유로운 선택과 거래가 되기 위해서는 자신이 하는 일에 대한 정보를 충분히 갖고 있어야 해요. 그러나 메리 베스 화이트헤드는 계약 당시에 아이를 낳아 넘겨준다는 것이 어떤 감정인지 정확히 알 수 없었으므로, 자유로운 선택이었다고 볼 수 없다는 것이에요. 따라서 문제가 있는 합의였다고 보고 있어요.

또한 세상에는 돈으로 살 수 없는 것도 있기에 문제가 있다는 지적도 있어요. 아기나 여성의 출산을 상품화하는 것은 생명 탄생이라는 중요한 가치를 떨어뜨리는 행위라는 것이에요. 인간의 탄생은 존중받아야 하는 것이므로 단순히 사고파는 상품으로 취급해서는 안 된다고 본 거예요.

8장과 9장의 이야기에 대해 어떻게 생각하나요? 돈을 받고 전쟁에 대신 나가 목숨을 바칠 사람을 찾는다거나, 아이를 대신 낳아 주는 것이 서로 다르게 보이나요? 이 두 가지 사례가 옳고 그른지를 따져 보면, 우리는 같은 질문을 떠올리게 될 거예요. 바로 정의란 무엇인지를 규정짓는 두 가지 질문이지요. '자유 시장에서 우리의 선택은 얼마나 자유로운가요?' '세상에는 돈으로 사고팔 수 없는 재화가 과연 존재하나요?'란 질문이에요. 여러분은 어떤 입장인가요?

10 진정한 영웅

만약에 내가 누군가의 실수로 우승자가 될 수 있다면
어떤 선택을 해야 할까요?

미국 워싱턴 D.C에서 열린 전국 철자 알아맞히기 대회 우승자를 결정짓는 마지막 문제는 'echolalia'
'한번 들은 말을 자꾸 되풀이하는 성향'

이 문제를 맞힌 열세 살 소년 앤드루는 대회 우승자가 되었어요.
마침내 미국인이 열광하는 대회의 우승자가 된 거예요.

모두가 전국 철자 대회 우승자로 앤드루를 축하하는 순간,
우승자 앤드루는 놀라운 고백을 했지요.

"저는 철자를 잘못 말했어요.
그런데 심판이 잘못 듣고 맞았다고 하신 거예요.
그러니까 저는 1등 할 자격이 없습니다!"

세상 사람들은 소년의 정직한 고백에 깊은 감동을 받았어요. 다음 날 뉴욕타임스가 앤드루의 이야기를 머리기사로 실을 정도로 말이에요.

The New York Times

MISSPELLER IS A SPELLING BEE HERO!
철자 알아맞히기 대회의 우승은 철자를 틀린 소년!
철자 대회의 영웅!

WASHINGTON, June 8— Eighty-five of 137 contestants were eliminated today at the opening of the National Spelling Bee, including a tearful child who told the judges that they had misunderstood him and that he had actually misspelled "echolalia." Andrew Flosdorf, 13 years old, of Fonda, N.Y., in Montgomery County, went to the judges at an afternoon break and told them that although they thought he had spelled the word correctly he had mistakenly substituted an "e" for the first "a."

"The judges said I had a lot of integrity," said the boy, adding that part of his motive was, "I didn't want to feel like a slime."

The chief judge, Robert Baker, announced the surprise development shortly before the start of the fourth round in the ballroom of the Capitol Hilton. The contest is to end Thursday.

"We want to commend him for his utter honesty," Mr. Baker said. Andrew said he learned of his mistake when other contestants asked him how he spelled the word, which means the automatic repetition by someone of words spoken in his presence. He checked and realized he had in fact misspelled it.

When Andrew initially spelled "echolalia," the judges listened to the tapes before they mistakenly agreed he had spelled it correctly. Between interviews and requests to appear on network... Andrew said he was a bit surprised by all the attention...
drew...

아무도 모르고 나만이 알고 있는 사실을 밝히고
우승자가 되기를 포기한 소년
앤드루는 이렇게 고백을 했어요.

"심사위원이 저더러 아주 정직하다고 말하셨어요.
사실 실수를 고백하기로 한 이유는
추접한 인간이 되고 싶지 않아서예요."
과연 앤드루의 행동은 도덕적인 것일까요?

만약!
의심할 이유 없는 도덕적인 행동이라고 생각한다면……,
잠시 철학자 칸트의 생각을 들어 보세요!

칸트 씨!
도덕적 행동이란 무엇인가요?

"어떤 행동이 도덕적이냐 하는 것은
그 결과가 아니라 동기에 있어요.
중요한 것은 왜 그것을 했느냐 하는 동기예요.
선한 의지가 선한 이유는
그것을 했을 때 어떤 결과를 낳기 때문이 아니에요.
단지 의무에 의한 행동이어야 해요.
그러니까 나에게 조금이라도 유리한 것을 얻기 위해서
행동한다면 그것은 도덕적으로 부족한 행동이에요.
도덕적으로 선하려면
도덕 그 자체를 위해서 행동해야 해요."

다시 처음의 질문으로 되돌아가 볼까요?
칸트 씨! '추접한 인간이 되고 싶지 않아서
잘못을 고백한 앤드루의 행동'에 대해 어떻게 생각하세요?
도덕적 행동인가요?

"사실을 고백한 이유가 단지
죄의식을 피하기 위해서였다면,
실수가 발각되었을 때 비난 받는 것이 무서워서
그랬다면 그 행동은 도덕적이라고 할 수 없어요.
하지만 단지 잘못된 것을 바로잡는 것이
옳은 행동이기 때문에 진실을 말했다면,
도덕적으로 가치 있는 행동이 되지요.
중요한 것은 동기예요.
그것도 아주 순수한 의무를 따른 동기 말이에요."

여러분은 칸트의 생각에 찬성하세요?

10 진정한 영웅

➕ 마이클 샌델이 들려주는 이야기

이제까지 우리는 '정의'를 이해하는 세 가지 방식을 소개했어요. 가장 먼저 살펴본 건 '공리주의'였지요. 정의가 무엇인지를 정하려면 사회 전체의 행복을 크게 하는 방법으로 해야 한다는 견해였어요. 두 번째로 정의를 자유와 연관 지어 생각하는 자유지상주의자를 소개했어요. 이들은 소득과 부의 공정한 분배가 이루어지기 위해서 규제 없는 시장에서 자유로운 교환이 이루어져야 한다고 했지요. 마지막으로 정의란 사람들이 도덕적으로 마땅히 받아야 할 몫을 받는 것이라고 보는 시각이 있어요. 보다 자세한 이야기는 뒤에서 아리스토텔레스를 살펴보면서 소개할게요.

이 장에서 이야기할 사람은 철학자 칸트예요. 정의를 이야기하는 데 있어서 반드시 짚어야 할 중요한 문제를 제시한 사람이라 할 수 있어요. 칸트는 자유지상주의자들처럼 자유를 강조했답니다. 그러나 칸트가 말하는 '자유'는 아주 달라요. 단순히 시장에서 자유롭게 물건을 사고파는 선택의 자유를 말하는 것이 아니거든요. 칸트에게 자유란, 자유로운 선택을 하는 데 있는 것이 아니라 내 스스로 만든 합리적인 법칙에 따라 행동하는 것을 말해요.

그리고 칸트는 도덕은 어떤 행동을 시작한 동기에 달렸다고 보고 있어요. 결과가 아닌 오로지 동기만 따지는 거예요. 만약 어떤 이익이나 바람 때문에 행동했다면 도덕적 가치가 있다고 보지 않았으니까요.

앞에서 말한 앤드루의 이야기로 다시 돌아가 볼까요? 앤드루의 말처럼 '추접한 인간이 되고 싶지 않아서 사실은 틀렸다고 고백했다.'고 한다면, 칸트가 보기에는 도덕적 가치가 부족한 것이에요. 물론 좋은 행동이지만, 앤드루의 동기는 추접한 인간이 되지 않으려는 데 있다고 할 수 있어요. 오로지 내가 그래서는 안 될 것 같다는 순수한 동기는 아니었지요. 그래서 칸트의 시각으로 보면 이 행동에는 도덕적 가치가 없다고 볼 수 있답니다.

사실 우리 생활에서 행동의 동기가 의무에 따른 것인지, 아니면 그 속에 어떤 이익이나 바람이 섞여 있는지 가리기는 쉽지 않아요. 칸트도 이를 부정하지는 않았어요. 하지만 칸트는 우리가 연습하면 도덕적인 것과 그렇지 않은 것을 구분할 수 있다고 했어요. 이것을 구분하는 것이 바로 '정언 명령'이라는 기준이랍니다.

또한, 칸트는 사람은 누구나 존중받을 가치가 있다고 주장했어요. 그 이유는 우리가 순수한 의무에 따라 살아갈 수 있는 자유를 갖고 있는 이성적 존재이기 때문이라는 거예요. 엄격하고 까다로운 생각이지만 인간 존엄성의 근거를 설명하고, 조건이나 상황에 휘둘리지 않는 확실한 도덕적 원칙을 제시한 철학자가 칸트라고 할 수 있어요. 그래서 아직도 많은 사람들이 칸트의 학문을 탐구하고 있답니다.

✚ 인물 소개

이마누엘 칸트 Immanuel Kant 1726~1804 독일의 철학자
인간에 대한 끊임없는 탐구로 철학 역사에 남은 《순수이성비판》, 《실천이성비판》, 《판단력 비판》, 《도덕 형이상학의 기초》 등 명저를 남겼습니다. 칸트의 철학적 관점은 21세기에 이르기까지 지대한 영향을 미치고 있습니다.

11 칸트에 대하여

어렵기로 소문난
도덕과 정치에 관한
칸트의 **철학**

잠시 짚어 보고 갈까요?

앞에서 여러 번 등장했던
칸트의 철학을 풀어 가는 열쇠가 있어요.
도덕, 자유, 이성에 대한 칸트의 생각을
하나씩 알아 가는 길이라고 할까요?

칸트의 **'도덕'**
과연 도덕적 가치를 갖는 행동은 무엇일까요?

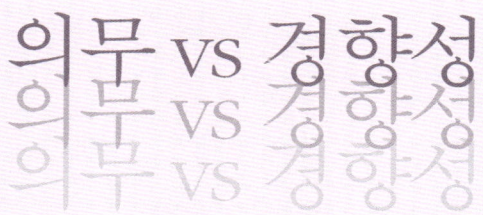

의무 vs 경향성

칸트가 말하는 도덕적인 행동의 기준은
오로지 '동기'에 의한 것이에요.
'동기' 중에서도 도덕성을 주는 것은 오로지 '의무 동기'예요.
결과를 위한 행동이 아니라
올바른 이유로 올바른 행동을 하는 것이랍니다.

칸트의 **'자유'**
우리가 자유로울 때는 언제일까요?

칸트에 따르면 내가 자유로울 때는
내 의지를 스스로 결정하고
스스로에게 법칙을 내려줄 때뿐이에요.
밖에서 내게 명령하는 법칙이 아니라
내 안에서 스스로 만든 법칙이지요.

그럼 우리가 스스로에게 내려주는 법칙은
어떻게 생겨날까요?

칸트는 말했어요.

"이성입니다.
이성이 내 의지가 따를 법칙을 결정해 주면 됩니다."

칸트의 **'이성'**

우리 스스로에게 법칙을 내려주는 이성은 무엇일까요?

가언 명령 vs 정언 명령
(조건 명령)　　　　　　　(무조건 명령)

어떤 행동을 수단으로 하게 하는
'가언 명령'이 아니라
행동 그 자체로 옳고 그래서 이성에 맞는
'정언 명령'

조건 없는 명령, 행동 그 자체로 옳고
스스로 이성을 따르게 하는
정언 명령을 따르는 것이지요.

다시 생각해 보아요!
칸트에게 도덕과 자유는 어떻게 서로 연결되어 있는 것일까요?

도덕은 사람을 목적으로 여기고 존중하는 걸 말해요.
자유는 내가 나에게 부여한 법칙에 따라
결정하여 나아가는 것이고요.
그러니까 **자유**롭게 행동한다는 건 외부의 이익이나 법칙이 아닌
스스로의 **이성**이 내려준 법칙에 따라 행동하는 것이고,
결과에 관계 없이 무조건 옳은 것,
즉 **도덕**을 판단하는 기준이 바로 **이성**이지요.

칸트가 쓴 어렵고도 난해한 책《도덕 형이상학의 기초》.
이 책은 두 가지 질문을 하고 있지요.
하나. 최고의 도덕 원칙은 무엇인가?
둘. 자유는 어떻게 가능한가?

여러분!
이제 두 가지 질문에 답을 할 수 있나요?

11 칸트에 대하여

✦ **마이클 샌델이 들려주는 이야기**

앞 장에서 만났던 칸트에 대해서 좀 더 알아볼까요? 그런데, 왜 우리는 칸트의 철학을 탐구해야 할까요? 왜냐하면 그만큼 칸트가 말하는 '도덕'이 '정의란 무엇인가'에 대한 해답을 줄 수 있기 때문이에요.

칸트는 최고의 도덕 원칙을 위해 고려한 것이 있어요. 첫째는 행동의 '동기'였어요. 행동에 도덕성을 부여하는 동기는 하나예요. 올바른 이유로 올바른 행동을 하는 '의무' 동기라는 것이에요. 만약 어떤 행동이 올바르기 때문에 하는 것이라는 이유가 아니라면, 혹, 다른 이익이나 개인적인 바람 등의 이유 때문이었다면 그것은 도덕적 가치가 없다고 보았어요.

두 번째는 자유에 관한 것이에요. 칸트에 따르면 내가 자유로울 때는 내 의지를 스스로 결정할 때라는 거예요. 다른 사람의 의지에 따른 것이 아니라 스스로 만든 규칙을 따를 때라는 것이지요.

세 번째는 이성에 대한 고민이었어요. 칸트는 이성이 내리는 명령을 두 가지로 보았어요. 하나는 목적을 위한 명령이에요. 예를 들어 'A를 원한다면 B를 해라.'라고 내리는 명령이라고 할 수 있어요. 이를 가언 명령이라고 해요. 다른 하나는 무조건적인 명령이에요. 다른 목적을 계산하거나 상관하지 않고 명령하는 거예요. 이 명령을 '정언 명령'이라고 부른답니다. 칸트는 '어떤 행동이 다른 것의 수단으로만 옳다면 그것은 가언 명령이다. 그러나 행동이 그 자체로 옳고 그래서 이성에 따른 것이라면 정언 명령이다.'라고 말해요.

무엇보다도 칸트의 도덕에 대한 가장 중요한 생각은 '정언 명령'에 대한 것이에요. 우리가 어떤 일을 하려고 할 때 그것이 도덕적인지 아닌지를 가려 주는 원칙을 '정언 명령'으로 보았어요. 칸트는 정언 명령에 따르는 것이 도덕적이며, 그렇게 행동할 때 인간은 진정으로 자유롭다고 말해요. 인간은 이성적인 존재이기에 정언 명령에 따라 살아갈 수 있고, 그래서 인간은 존엄하다고 보았답니다.

12 로즈 부인의 화장실

함께 사는 사회를 위한 수많은 계약들
공정한 계약을 위한 정의로운 원칙은 무엇일까요?

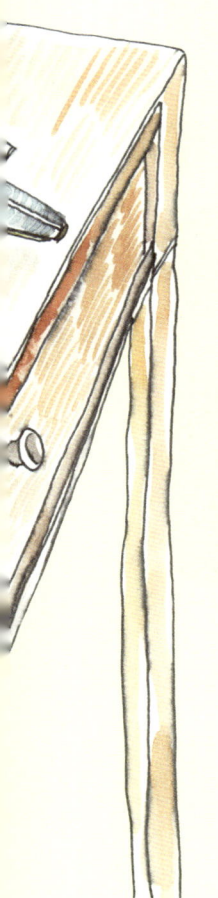

시카고의 은행에서 일어났던 일이에요.
어느 날 홀로 사는 여든두 살 로즈 부인이
2만 5천 달러라는 거금을 인출해 달라고 했어요.

한번에 큰돈을 빼내는 할머니가 이상했던 직원이 물었어요.

**"할머니!
어디에다 이 큰돈을 쓰려고 하세요?"**

그러자 할머니는 당연하다는 듯 말했지요.

"그야~ 변기를 고친 비용으로 내려고 그러지.
수리비용이 5만 달러인데 계약금으로
2만 5천 달러를 내라고 하더군."

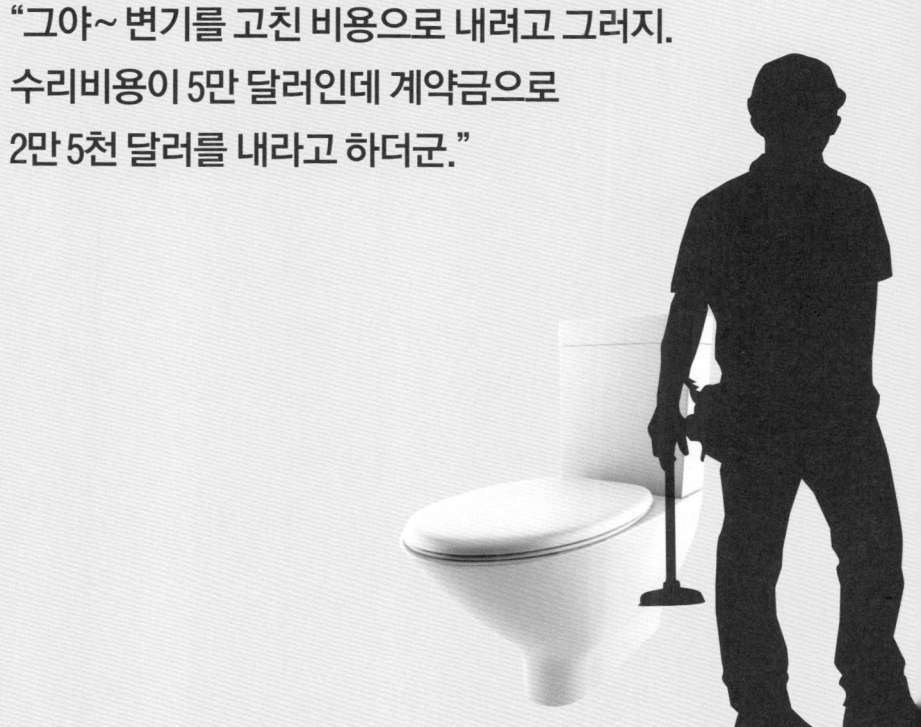

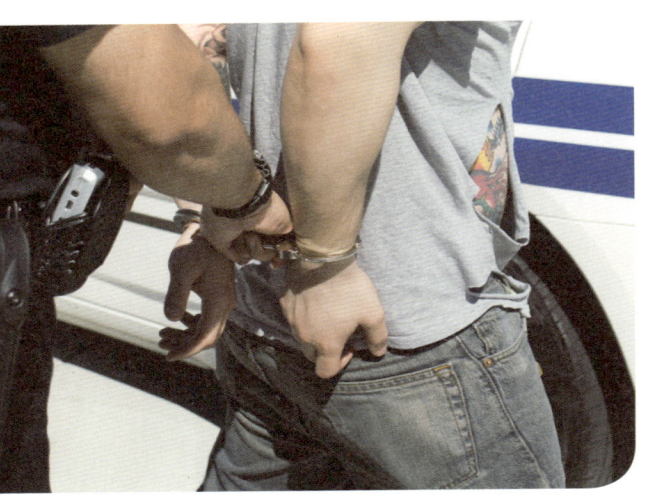

결국 터무니없이 큰돈을 화장실 수리비용으로 달라고 한
수리업자는 사기죄로 체포되었어요.
세상 물정 어두운 할머니를 속여서 거금을 뜯어내려고 했으니까요.

하지만 몇 사람은 이렇게 말할지도 몰라요.
"화장실 수리에 5만 달러라는
큰돈을 달라고 했지만 사기는 아니에요.
왜냐하면 할머니가 그 계약에 동의를 하고 시작한 거잖아요."

터무니없고 불공정하더라도
합의한 계약이라면 지켜야 할까요?

계약이 도덕적이려면
지켜야 할 두 가지 원칙이 있어요.

하나, 서로 합의해야 해요.
둘, 서로에게 이익이 되어야 해요.

다시 로즈 부인의 화장실 이야기를 떠올려 볼까요?
할머니와 화장실 수리업자는 합의를 했나요?

"YES!"

5만 달러라는 비용은
할머니와 수리업자 모두에게 이익이 되는 거래였나요?

"NO!"

그렇다면, 이 계약은 도덕적인가요?

그런데 궁금하지 않나요?

우리가 한 번도 직접 계약한 적 없는,
우리에게 시민의 권리와 의무를 할당하는 사회의 법,
그 법은 어떤 도덕적 원칙에 의해 결정된 것일까요?
그 법은 모두에게 이익이 되는 것일까요?

과연 우리는 이 법을 지켜야만 하는 것일까요?

12 로즈 부인의 화장실

➕ **마이클 샌델이 들려주는 이야기**

우리는 로즈 부인의 예를 통해서 계약과 합의의 도덕성에 대해서 생각해 보려고 해요.

사회에서 사람들이 맺은 계약은 어떻게 효력을 갖게 되나요? 계약을 지켜야 하는 도덕적인 의무는 언제 어떻게 생겨날까요? 실제 계약은 합의했다는 것만으로 지켜야 할 의무가 생길까요, 아니면 이익이나 도움을 받은 후에 지켜야 할 의무가 생길까요?

이론적으로는 두 가지 조건이 채워져야 계약에 효력이 있어요. 자발적인 합의이면서 동시에 서로에게 이익이 되어야 한다는 점이지요. 하지만 현실은 좀 달라요. 사람에 따라서 계약에 대해 알고 있는 지식이나 협상하는 능력에서 차이가 날 수 있기 때문이에요. 만약에 계약에 대해서 더 많은 지식이 있다면 훨씬 유리한 조건을 가질 수 있겠지요. 따라서 로즈 부인의 경우는 공정하다고 할 수 없을 거예요.

그렇다면 어떻게 공정하고 도덕적인 계약을 맺을 수 있을까요? 정치철학자 존 롤스는 공정성을 확보할 수 있는 정의의 원칙을 발견하려고 했어요. 그러기 위해 존 롤스는 한 가지 실험을 했지요. 물론 진짜 실험은 아니고요, 오로지 생각으로만 하는 실험이었답니다.

우리도 존 롤스처럼 생각 실험을 해 볼까요? 지금 사회의 원칙을 정하려고 많은 사람들이 모여 있어요. 이때 사람들이 '무지'라는 이름의 '장막' 뒤에 서 있어요. 이 '무지의 장막' 뒤에 있는 사람들은 자기가 어떤 성별, 인종, 혹은 종교를 가졌는지, 심지어 남보다 뭐가 유리하고 불리한지도 모르게 된답니다. 존 롤스는 '무지의 장막' 뒤에서처럼 나에 대해서 아무것도 모른다면, 원초적으로 평등한 위치에서 도덕적인 계약을 할 수 있다고 보았어요. 누구나 똑같은 상황에서 동의하고 계약을 한다면 어느 누구에게도 우월하지 않은 평등하고 공정한 합의가 이루어진다고 본 거예요.

존 롤스는 위의 생각 실험을 통해서 정의의 두 가지 원칙을 찾았어요. 하나는 언론, 종교의 자유 같은 기본적인 자유를 모든 시민이 평등하게 누린다는 원칙이고, 두 번째는 사회적, 경제적 평등과 관련한 원칙이에요. 사회적 경제적 불평등이 있다면, 이익이 생겼을 때 사회 구성원 가운데 가장 어려운 사람들에게 돌아가게 해야 한다는 주장이지요. 이 두 번째 원칙을 차등의 원칙이라고도 해요.

여러분은 존 롤스가 제시한 정의의 원칙에 동의하나요? 오늘날 존 롤스의 두 번째 원칙인 사회적, 경제적 평등과 관련한 원칙에 대해서는 논쟁이 계속되고 있어요. 다음 장에서는 그 논쟁을 따라가 보려고 해요.

➕ 인물 소개

존 롤스 John Rawls 1921-2002 미국의 정치철학자

1971년 미국 사회에 정치철학 논쟁을 불러온 《정의론》을 출간해서 정의에 대한 공리주의적 시각의 문제점을 제시했습니다. 존 롤스의 《정의론》은 1990년대 이후 사회적으로 뜨거운 논쟁을 일으켰으며, 그 외 《정치적 자유주의》, 《만민법》 등의 저서를 남겼습니다.

미국 교사들의 수입은 평균 1년에 4만 3,000달러

심야 토크 쇼 진행자 레터맨의 1년 평균 수입은 3,100만 달러

레터맨이 교사들보다 **700배**나 많은 수입

너무 불평등한 사회가 아닌가요?

옛날부터 세상에는 부를 나누는 기준이 있어요.

아주 오래전 사회의 기준은 출생에 따랐지요.
"출생에 따라서 신분을 나눈다!"

임금과 신하로 나누어 지배하고 지배받는 **봉건 제도**
신분이 대대손손 이어지는 **카스트 제도**에서는 출생에 따라서
부자와 가난한 자로 나누어졌던 거예요.

시간이 흘러가면서 기준도 변했어요.
어떤 규제도 없이 자유롭게 물건을 사고파는
자유 시장 사회가 되었지요.

"누구나 자유롭게 재화를 사고판다!"

그런데!
자유 시장 사회에는 문제가 있었어요.
자유롭다고는 말하지만 누구나 똑같은 처지가 아니었거든요.
가난한 사람들은 교육의 기회도 얻을 수 없었으니까요.
출발선에서조차 누구나 평등하지 않았던 거예요.

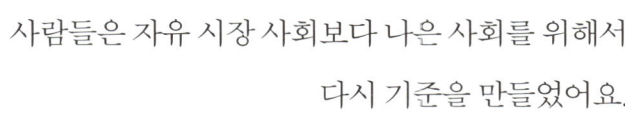

사람들은 자유 시장 사회보다 나은 사회를 위해서
다시 기준을 만들었어요.

"누구나 공정한 기회를 갖도록
평등하게 교육받게 하고 기회도 준다.
그리고 능력에 따라 자유롭게 재화를 얻는다!"

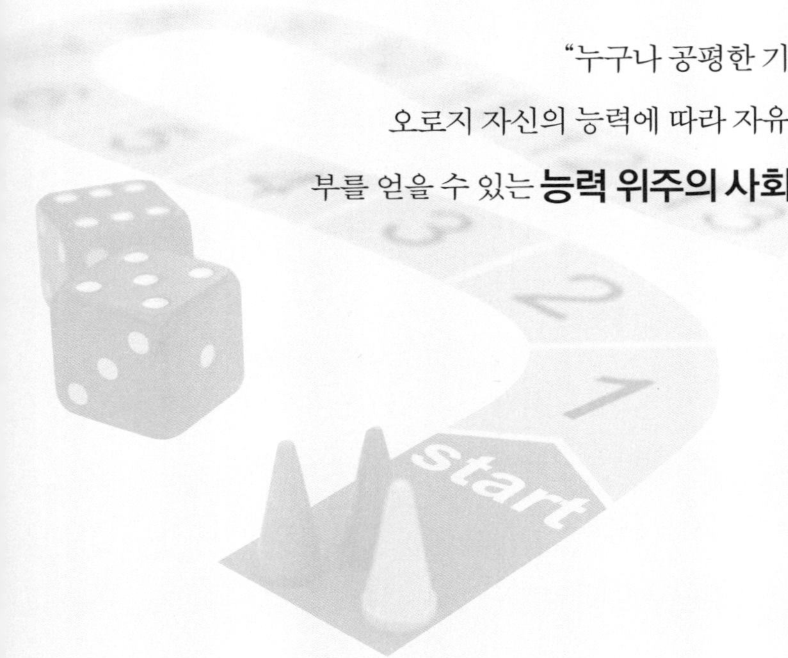

"누구나 공평한 기회를 갖고
오로지 자신의 능력에 따라 자유 시장에서
부를 얻을 수 있는 **능력 위주의 사회입니다!**"

그렇다면 능력 사회에서는
분배의 정의를 이룰 수 있을까요?
자신의 능력껏 부를 얻을 수 있다면 정의로운 것 아닌가요?
하지만 존 롤스의 생각은 달랐어요!

"모두를 동일한 출발선에 세우고
달리기 경주를 하면 누가 이길까요?
당연히 제일 발이 빠른 선수가 이기겠죠?
그런데 빨리 달리는 운동 능력을 타고난 것이 그가 한 일인가요?"
NO!
모두를 같은 출발선에 세운다는 능력 사회도 마찬가지예요.
우연히 어느 가정에 태어나 성장했는지에 대해
무시할 수 없어요. 여전히 타고난 것에 따라
부와 소득의 분배가 결정되고 있는 거예요."

그렇다면 어떻게 해야 분배의 정의를 이룰 수 있을까요?
출발선이 같아도 여전히 누구는 더 많이 갖게 되고
누구는 덜 갖게 되는 이 문제를 어떻게 해결해야 할까요?

능력주의의 불공평함을 없애는 방법!

"타고난 재능 같은 자연적인 것을 바로잡아야 해요.
바로 '**차등의 원칙**'이 있어야 합니다.
재능 있는 사람이 재능을 발휘하여 부를 갖게 하지만
부를 가져갈 때는 어떤 자격 조건을 주는 것이지요.
예를 들어서 마이클 조던이나 빌 게이츠가
타고난 재능으로 많은 돈을 벌 수는 있지만
세금으로 일부를 내어 재능이 없는 사람들을
돕게 하는 것입니다."
-존 롤스

물론 모두가 존 롤스의 생각에 찬성하지는 않았어요.

"더 많이 번 사람들이 타고난 재능만으로 번 것이 아니에요.
고생하며 노력해서 벌었어요.
그런데 노력한 것조차 세금으로 더 내라고 하면 되나요?
그럼 누가 일을 열심히 하겠어요!"

과연 존 롤스는 어떻게 대답했을까요?

"노력하고 도전하겠다는 사람들의 의지는
그가 얼마나 좋은 가정에서 자랐는가에 따라 크게 달라집니다.
**결국 그 의지는
사람이 노력해서 가진 게 아니라고 할 수 있습니다.**"

"자연이 사람에게 재능을 나눠 주는 방식은
공평하지도 불공평하지도 않아요.
인간이 태어나면서 서로 다른 위치를 갖는 것도
부당하다고 할 수 없어요.
그저 단지 타고날 때 갖는 것이니까요.
하지만 어떻게 타고난 것을 다루느냐에 따라
공평하거나 불공평한 제도가 생겨나는 것입니다."

—존 롤스 《정의론》 17절

삶은 원래 공평하지 않을까요?
아니면 우리가 사회적, 경제적으로
불평등한 사회를 만든 걸까요?

13 원래 삶은 불공평한 것인가요?

✛ 마이클 샌델이 들려주는 이야기

이 장에서는 '분배의 정의'를 이야기해 보려고 합니다. 쉽게 말해서 재산 같은 부, 높은 지위 같은 기회를 나누는 방법에서의 정의를 생각해 보려는 거예요.

오늘날 우리 사회는 모든 자유가 주어져 있는 것처럼 보이지만, 좀 더 들여다보면 교육 정도와 가정환경에 따라서 부와 지위를 가질 기회를 얻지 못하는 문제가 있는 게 사실이에요. 가난해서 배우지 못하면 부를 가질 기회를 얻지 못하고 있거든요. 게임을 시작하기 위해 출발선에조차 설 수 없는 경우가 나타나는 것이지요. 이러한 사회에서 우리는 어떻게 분배의 정의를 이룰 수 있을까요?

앞 장에서 소개한 존 롤스는 이 문제에 대해 '차등의 원칙'을 제시했어요. 가난하고 소외된 사회의 약자들에게 혜택이 돌아가는 경우에만 사회적, 경제적 불평등을 인정할 수 있다고 본 거예요. 예를 들면, 의사에게는 버스 기사보다 더 높은 보수를 주는 식으로 약간의 불평등을 인정하는데, 이것은 의사가 받은 혜택으로 의료 환경을 개선하여 빈곤층의 의료 혜택으로 돌아가게 한다는 것을 전제로 해야 해요.

무엇보다도 존 롤스는, 애초에 타고날 때 가진 것들에 의해 분배가 결정되어서는 안 된다고 보았어요. 어떤 가정에 태어나느냐는 사람이 정할 수 없는 우연한 것이잖아요. 따라서 우연에 따라 분배의 몫을 결정하는 건 도덕적이지 않다는 생각이라 할 수 있어요.

물론, 존 롤스가 제시한 '차등의 원칙'에 반대하는 사람들도 있어요. 이들은 자신의 이익이 어려운 사람들에게 돌아간다면, 일을 게을리하거나 능력을 계발하지 않을 수 있다는 점을 든답니다. 하지만 존 롤스는 재능 있는 사람에게 격려 차원의 보상금을 인정했어요. 단, 그 격려금 역시 어려운 환경에 놓인 사람들을 위해 쓰여야 한다는 조건이 있었지만요.

두 번째로, 개인이 하는 노력을 인정해 줘야 한다는 반대 입장도 있어요. 예를 들어 마이클 조던이 농구에 유리한 신체 조건을 갖고 태어났지만, 피나는 노력이 있었기에 성공할 수 있었다는 거예요. 그래서 마이클 조던이 노력해서 번 수입을 가난한 사람들에게 돌려주는 것은 부당하다고 주장한답니다. 그러나 존 롤스는 두 번째 반대 입장에 대해서 '노력해서 성공하려는 의지조차도 가정과 사회적 환경의 영향을 받은 것이다.'라고 말했어요. 노력도 노력할 수 있는 의지를 갖게 한 가정에서 우연히 태어났기 때문에 했다는 이야기예요.

그렇다면 존 롤스가 말하는 '차등의 원칙'은 분배의 정의를 세우는 데 정말 유효할까요? 여러분은 어떻게 생각하시나요?

14 백인이라서 불합격이라고요?

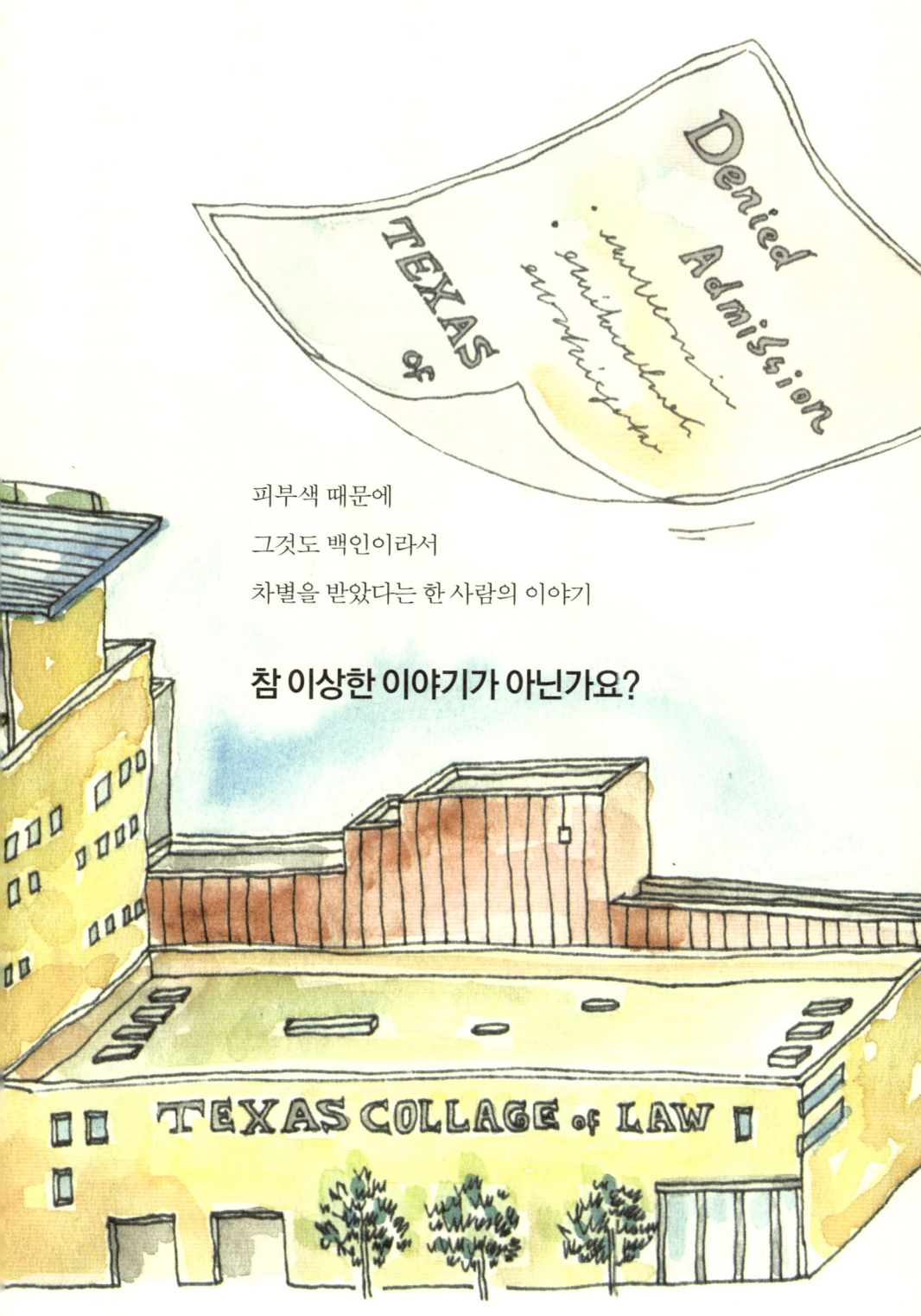

피부색 때문에
그것도 백인이라서
차별을 받았다는 한 사람의 이야기

참 이상한 이야기가 아닌가요?

홀어머니 밑에서 혼자 힘으로 대학교까지 마친 셰릴 홉우드.
꿈을 품고 텍사스 법학 전문 대학원에 원서를 냈지만
그녀가 받은 것은 **불합격 통보**였어요.

10대를 위한 정의란 무엇인가   143

그녀는 의아했어요.
심지어 그녀보다 점수가 낮은 지원자 중에도 합격자가 있었거든요.
그리고 한 가지 공통점을 발견했어요.
그녀보다 성적이 낮아도 합격한 사람들은
흑인과 멕시코계 미국인이란 점을요.

"내가 백인이라서 불합격이라고요?"

왜, 그녀는

합격자보다도 좋은 성적이었는데
입학 시험을 통과하지 못했을까요?
그 이유는 '**소수 집단 우대 정책**'에 있었어요.

소수 집단 우대 정책
텍사스 법학 전문 대학원은 입학생의 약 15퍼센트를 흑인이나 멕시코계 미국인 등 소수 집단에서 뽑는다.

텍사스 법학 대학원의 소수 집단 우대 정책은 **정당**한가요?
아니면 **불공정**한 것일까요?

"흑인과 멕시코계 미국인 등 소수 집단 지원자들이
비소수 집단인 백인 지원자보다 낮은 성적에도 입학이 가능하다뇨.
불공평한 입학 기준이 있다는 건 말이 안 돼요."

"입학 때 성적은 낮았지만
소수 집단 학생들의 학업 능력은 충분합니다.
확인해 보세요! 소수 집단 우대 정책으로 들어온 학생들이
거의 모두 무사히 졸업하여 변호사 시험에 합격하고 있습니다."

"백인인 나보다 성적도 낮은 그들이
사회적 소수인 흑인과 멕시코계 미국인이라는 이유로
혜택을 받는 것은 부당합니다."

"텍사스에는 흑인과 멕시코계 미국인이 전체 주민의
40퍼센트에 이르지만 법조계에서 일하는 이들은 훨씬
적습니다. 법의 공정성을 위해서
모든 집단이 법 집행에 참여할 수 있게 해야 합니다.
그러기 위해서 입학 시 소수 집단 학생들을
우대해 주어야 균형이 잡힙니다."

입학 시험에서 인종과 민족을 고려하는 소수 집단 우대 정책은
꼭 필요할까요?

"필요합니다! 가정 환경 등 학생의 배경을 고려하지 않고
시험 성적만으로 입학을 결정할 순 없어요."

시험 격차 바로 잡기

"역사적으로 흑인과 멕시코계 미국인이 받은 차별이
현재까지 영향을 주고 있잖아요.
역사적으로 받은 차별을 보상해 줘야 해요."

과거의 잘못 보상해 주기

"인종적, 민족적으로 다양한 학생들이 모이게 되면
학교에서 더 많은 것을 배울 수 있어서 모두에게 더 좋은 일이에요."

다양성 증대

그러나 소수 집단 우대 정책에
반대하는 사람들도 있어요.

"정말 소수 집단 우대 정책이
사회의 불평등을 없애는 데 효과가 있나요?"

"과거의 차별로 고통받았던 것을 지금 보상해 준다고요?
하지만 지금의 흑인들 자신이 직접
그런 고통을 당한 사람은 아니잖아요?"

"인종적, 문화적 다양성을 높였다지만
소수 집단 학생들의 자부심에 상처를 주고
백인 학생들은 오히려 차별받았다고 생각할 수 있어요!"

"입학에서 인종을 고려하는 소수 집단 우대 정책이
혹, 다른 지원자들의
개인의 권리를 침해한 건 아닌가요?"

14 백인이라서 불합격이라고요?

➕ **마이클 샌델이 들려주는 이야기**

미국에서는 인종, 성, 장애 등의 이유로 소수 집단이 받는 차별을 없애기 위해 '소수 집단 우대 정책'을 시행하고 있어요. 대학 입학이나 고용 등에서 소수 집단에게 일정 정도 이익을 주어 우대하는 정책이에요. 사회 내 차별을 없애기 위한 적극적인 정책이라고 할 수 있지요. 하지만 셰릴 홉우드처럼 소수 집단 우대 정책에 항의하며, 도덕적·법적 문제를 제기하며 소송을 하는 경우가 나타나고 있어요.

소수 집단 우대 정책은 헌법에서 보장된 국민의 평등권을 위반하는 것은 아닐까요? 과거 미국 대법원은 평등권 위반이 아니라고 보고 소수 집단 우대 정책을 지지하는 판결을 내린 바 있어요.

그렇다면 소수 집단 우대 정책은 개인의 권리를 침해하는 것은 아닐까요? 아무리 바람직한 목적이라도 개인의 권리보다 우선시되는 것은 없다고 주장하는 사람들은, 소수 집단 우대 정책이 아무리 좋은 취지를 가지고 있어도, 인종이나 민족을 따지는 것은 부당할 수밖에 없다고 보고 있어요.

개인의 권리에 대한 문제는 법철학자 로널드 드워킨의 생각을 들어 보려고 해요. 그는 개인의 권리가 모든 것에 앞선다는 주장에 반박하고 있어요. 또한 소수 집단 우대 정책에서 인종을 고려하는 것이 그 누구의 권리도 침해하지 않는다는 입장이에요. 로널드 드워킨은 오히려 이렇게 묻고 있어요. " 셰릴 홉우드의 어떤 권리가 침해당했나요?" 그는 입학에 관련한 기준은 그 어떤 지원자도 이래라저래라 할 수 있는 문제가 아니라, 대학 스스로 정하고 기준을 제시하는 것이라는 점을 들고 있어요. 미국의 경우에는 오로지 성적만으로 입학생을 뽑는 대학도 있지만, 많은 대학들이 성적뿐만 아니라 운동이나 다른 실력 등을 고려하고 있어요. 이러한 상황에서, 지원자가 자기의 입학 자격에 대해서 말할 자격이 없다는 거예요. 입학 자격은 대학 스스로 정한 사명과 가치에 따라 정하는 것이니까요.

로널드 드워킨은 존 롤스와 마찬가지로 부와 명예 등을 나누는 '분배의 정의'는 도덕적 자격을 논하는 문제가 아니라고 보았어요. 과연 정의를 말할 때 도덕적 자격은 떼어 놓고 보아야 할까요? 다음에 나올 아리스토텔레스의 주장을 듣다 보면 실마리를 찾을 수 있을 거예요.

➕ 인물 소개

로널드 드워킨 Ronald Dworkin 1931- 2013 미국의 법철학자
영미권을 대표하는 자유주의 법철학자로 '자유주의적 평등론'을 주장합니다. 개인의 선택에 따른 차이는 긍정하지만, 개인의 능력이나 어찌할 수 없는 이유로 생기는 불평등에 대해서는 적극적인 개입을 통한 평등한 분배가 필요하다고 보고 있습니다.
(※ 참조 문헌- 위 내용은 2013. 2.15 한겨레신문 내용을 요약 정리하였습니다.)

15 응원단의 자격

앤드루스 고등학교 1학년인
캘리 스마트의 이야기를 들어 볼래요?
과연 응원단원으로서 갖추어야 할 자격은 무엇일까요?

뇌성마비로 휠체어를 타면서도 열정적인 응원을 펼친 캘리 스마트는 인기 있는 응원단원이었지요. 그런데 한 시즌이 끝나면서 응원단에서 쫓겨나게 되었어요.

"캘리 스마트는 응원단에서 나가야 합니다!
다른 단원들처럼 다리 일자 뻗기와 공중회전 등
엄격한 체조 훈련을 할 수 없잖아요."

하지만 캘리 어머니의 말은 달랐지요.

"사실 캘리가 쫓겨난 이유는
휠체어를 탄 캘리가 박수갈채를 받는 것에
다른 응원단원들과 학부모들이
화가 났기 때문입니다."

여러분! 궁금하지 않나요?
응원단원의 자격을 가지려면
반드시 공중회전 같은 어려운 체조를 해야 할까요?

의문 1

"물론 아니에요! 캘리가 체조를 할 수 없는 몸인데
공중회전을 못한다고 쫓겨난다면, 신체적 장애를
가진 사람을 차별하는 거 아닌가요?"

잠깐!

잠시만요!
지금 신체적 차별 금지를 이야기하는 게 아닌걸요.
다시 질문할게요!
응원단원으로서 제 역할을 해낸다는 것은
무엇인가요?

"뛰어난 응원단원이라면
공중회전과 일자로 다리 뻗기쯤은 해야죠.
뭐니뭐니해도 그 기술이
옛날부터 관중들을 열광케 했잖아요."

"응원단의 진짜 목적은
학생들에게 자신의 학교를 사랑하게 하고,
관중들을 활기차게 만드는 것이에요.
그러기 위해서 공중 회전과 다리뻗기를 한 것뿐이에요.
목적과 수단을 혼동해서는 안 됩니다."

두 번째로 궁금한 점이 있어요.
왜 다른 응원단원들과 학부모들이
캘리가 박수갈채를 받는 것에 화가 날까요?

의문 2

내 생각은 이래요.
"캘리가 공중회전과 다리 뻗기 없이도
응원단 자격을 갖는다면 이제까지 응원단이 보여 준
뛰어난 체조실력은 그저 볼거리에 불과하게 되잖아요.
그렇기에 응원단원의 뛰어난 체조 실력이
전통적으로 응원단에 꼭 필요한 실력이라는 것을
인정받는 영예를 원한 거예요."

응원단이 되기 위해서 어떤 자격을 가져야 할까요?
누가 어떤 자격을 가졌다고 할 수 있는 근거는 무엇일까요?
어떤 자격을 가진 응원단원에게 영예를 안겨 줘야 할까요?

목적 자격 영예

15 응원단의 자격

➕ 마이클 샌델이 들려주는 이야기

앞에서 이야기한 캘리 스마트는 인기 있는 응원단원이었어요. 뇌성마비를 앓아서 휠체어를 타야 하는 신세였지만 응원단원으로서 누구보다 열정적이었지요. 하지만 시즌이 끝난 뒤 캘리는 응원단에서 쫓겨났어요. 과연 캘리 스마트를 응원단에서 쫓아낸 것은 정의로운 것일까요? 이 질문의 해답을 찾기 위해 고대 철학자 아리스토텔레스를 만나 보려고 해요.

아리스토텔레스는 어떤 일이 정의로운지 알려면, 그 일의 목적이 무엇인지를 이해해야 하며, 그와 관련된 행위에 어떤 영예와 포상을 안겨 줄 것인가를 생각해 보아야 한다고 주장했어요. 그래서 아리스토텔레스에게 정의란 사람들에게 그들이 마땅히 받아야 할 것을 주는 걸 의미해요.

앞장에서 만났던 존 롤스는 '정의'를 말할 때, 특히 공평한 분배에서 도덕적 자격을 말하지 않았어요. 단지 수입이나 부, 나아가 기회를 평등하게 나누어야 한다고 여겼지요. 하지만 아리스토텔레스에게 정의란 '그 사람이 마땅히 받아야 할 몫을 받는가.'였어요. 즉, 자격에 따라 차별적으로 적용되어야 한다고 생각한 거예요.

또한 아리스토텔레스는 공정한 분배가 이루어지기 위해서 먼저 목표를 이해하고 따르고 있는 것인지를 물었어요. 즉, 공정한 분배를 위해서 목표를 따라야 한다는 거예요. 예를 들어서, 하버드 대학에서 가장 좋은 테니스장을 나눈다고 생각해 보세요. 누구에게 어떻게 나눠야 할까요? 가장 나이 든 교수님께, 아니면 가장 돈을 많이 낸 사람에게 쓰게 할까요? 아리스토텔레스의 생각은, 가장 좋은 테니스장은 테니스 선수부터 쓰게 해야 한다는 거예요.

그럼 여기서 캘리 스마트와 응원단의 문제를 아리스토텔레스의 생각을 따라서 풀어 볼까요? 응원단의 목적과 목표는 무엇이고, 응원단원으로서 갖추어야 할 자격은 무엇인지 생각해 보세요. 응원단의 목표는 학교에 대한 애교심을 북돋우는 것이지, 다리 일자 뻗기를 잘하는 건 아니지 않나요? 그렇다면 캘리 스마트를 응원단에서 쫓아내고 다리 일자 뻗기를 못하는 점에 대해서 지적한 것도 아리스토텔레스가 보기에 정의롭지 못하다고 생각하지 않을까요?

아리스토텔레스에게 정의를 생각하는 유일한 방법은 오로지 사회적 행동의 목적과 목표부터 따져야 한다는 거예요. 목표를 따지고 따르는 것이야말로 정의를 생각할 때 반드시 필요한 것으로 보았답니다. 과연 아리스토텔레스의 생각은 옳은 것일까요? 다음 장에서 계속 고민해 봅시다.

✚ 인물 소개

아리스토텔레스 Aristoteles BC 384~BC 322 그리스 철학자

철학자 플라톤과 함께 고대 그리스 최고의 사상가로 꼽히고 있습니다. 서양 철학의 방향과 내용에 매우 큰 영향을 끼친 인물로, 철학은 물론 물리학, 화학, 생물학, 동물학뿐 아니라 심리학, 정치학, 역사 등 매우 다양한 학문을 연구한 위대한 철학자입니다.

아리스토텔레스처럼 생각해 볼까요?

최고의 플루트 연주자야말로
최고의 플루트를 가질 자격이 있다면
정치 권력은 누가 가져야 하나요?

16 정치에 참여하지 않고도 좋은 사람이 될 수 있나요?

The ancient Agora of Athens

정치란 □ 과연 □ 무엇일까요?

오늘날에는 정치가 시민들이 다양한 목적을
이루는 과정이라고 생각해요.
그리고 정치에 특별하고도
본질적인 목표가 있다고는 생각지 않아요.
그렇다면 아리스토텔레스의 생각은 어떨까요?

"정치의 목적은 좋은 시민을 기르고
좋은 시민의 미덕을 기르는 것입니다."

조금 더 아리스토텔레스와 이야기를 나눠 볼게요.

Q. 정치는 무엇인가요?

정치의 목적은 좋은 삶에 있습니다.
그리고 사회 제도는 그 목적인
좋은 삶을 위한 수단이라고 할 수 있습니다.

Q. 그럼, 국회의원이나 대통령은 누가 되어야 할까요?

정치 권력은 가장 훌륭한 시민의
미덕을 발휘하는 사람이 가져야 합니다.

Q. 잠시 말씀을 정리해 볼게요.

정치의 목적은 좋은 삶을 만드는 것이다.
그리고 가장 훌륭한 시민의 자질을 보여 주는 시민이
권력을 가져야 하고, 가장 높은 자리와 영예를 받을 자격이
있다고 보시는군요. 그러니까 정치 참여가
좋은 삶을 위해 꼭 필요하다는 건가요?

예. 그렇습니다.

아직도 궁금증이 풀리지 않네요.
아리스토텔레스에게 좀 더 여쭤 봐야겠습니다.

Q. 왜 정치 참여가 좋은 삶을 위한 필수 요소일까요?

인간은 본성적으로 정치적 동물입니다. 인간은 공동체를 이루고 살면서 정치에 참여하며 언어 능력을 발휘할 때 진정한 인간다움이 실현되고 또 가장 바람직한 삶을 실현할 수 있기 때문이지요.

Q. 이상하지 않나요? 왜 유독 정치에 참여할 때만 인간의 고유한 언어 능력이 발휘되나요? 친구들이나 가족 또는 다른 모임에서는 안 되는 건가요?

인간은 정치에 참여할 때 고유한 언어 능력을 실현할 수 있습니다. 그럴 때 시민들은 언어 능력을 통해 선과 악, 정의와 불의를 토론하고 구별하며 좋은 삶의 본질을 생각하는 것입니다.

Q. 그런데 지금 말씀한 미덕과 정치는 무슨 관계인가요?

도덕적 미덕은 그것을 연습해서 습관이 되어야 합니다. 하지만 습관이 전부가 아닙니다. 새로운 상황에서 판단하는 실천적 지혜도 필요하니까요. 인간은 더불어 사는 공동체에서 정치에 참여할 때 미덕을 연습하고 습관화하여, 실천적 지혜까지 가질 수 있는 것입니다.

결국 아리스토텔레스는 말하고 있습니다.

"정치는 좋은 삶을 만드는 것!
그러므로 인간은 정치에 참여하여 우리의 본성을 표현하고,
좋은 삶의 본질과 인간의 능력을 펼쳐 보이는 것입니다."

이제 마지막 질문에 대답할 수 있겠지요?

"정치에 참여하지 않고도
좋은 사람이 될 수 있을까요?"

만약 아리스토텔레스라면 어떻게 대답할까요.

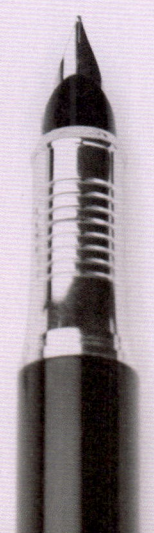

☐ Yes
☐ No

16 정치에 참여하지 않고도 좋은 사람이 될 수 있나요?

+ 마이클 샌델이 들려주는 이야기

아리스토텔레스에게 정의란 목적에 맞게 영예를 주는 거예요. 그래서 플루트의 목적은 연주와 관련이 있고, 대학의 목적은 교육과 관련이 있지요. 그렇다면 정치의 목적은 무엇일까요?

아리스토텔레스가 말하는 정치의 목적은 사람들 고유의 능력과 미덕을 계발하는 데 있어요. 즉 공동선을 고민하고, 판단력을 기르며, 시민 자치에 참여하고, 공동체 전체의 운명을 보살피게 하는 것이라고 주장해요.

무엇보다도 아리스토텔레스는 정치란 좋은 삶을 위해 존재한다고 보았기에 정치 참여를 좋은 삶의 필수 요소로 꼽았어요. 정치를 어쩔 수 없이 필요한 것으로 보는 요즘의 생각과 차이가 나지요? 그러면 왜 그는 정치에 참여하는 것을 꼭 필요한 것으로 보았을까요?

그 답은 우리의 본성에 있다고 해요. 인간은 본성적으로 정치적 동물이라고 보았거든요. 인간은 공동체를 이루고 살면서 정치에 참여할 때에 진정한 인간다움이 실현되기에 혼자서 살 수 없고, 정치 공동체 속에서 가장 바람직한 삶을 실현할 수 있기 때문이지요.

그렇다면 정치 권력은 누가 가져야 할까요? 아리스토텔레스는 이 문제 역시 대상의 목적에 따라야 한다고 말해요. 그래서 정치 권력은 최고의 부자나 다수에게가 아니라 시민의 자질이 가장 뛰어난 사람에게 주어야 한다고 했어요. 왜냐하면 정치의 목적은 좋은 삶을 위한 것이기 때문에 정치 권력인 최고의 공직과 영예는 시민의 미덕이 가장 뛰어나고 공동선이 무엇인지 잘 이해하는 사람이 받아야 한다고 보거든요. 또 시민의 자질이 뛰어난 사람에게 최고의 공직을 주고 인정해야 정의로운 것으로 여겼답니다.

아리스토텔레스는 인간 삶의 목적은 행복을 추구하는 데 있고, 그 행복은 공동체의 삶 속에서 가능하기에 공동체의 일원으로서 미덕을 갖추는 것이 중요하다고 해요. 또한 미덕은 좋은 인격 형성을 통해서 이루어진다고 주장했지요. 좋은 미덕의 기준은 공동체에서의 삶에 있다고 보고, 정직하고 참된 용기, 넉넉한 마음씨, 온화한 마음씨, 중용 등을 미덕으로 꼽았어요. 그리고 이 미덕은 반드시 더불어 사는 공동체에서 이룰 수 있는 것으로 보았답니다.

17 '미안해요' 라고 말해야 할까요?

'미안해요'라고 말하기는 어려워요.
하물며 내가 태어나기도 전에 일어난 일에
사과하기는 더 어려운 일이지요.

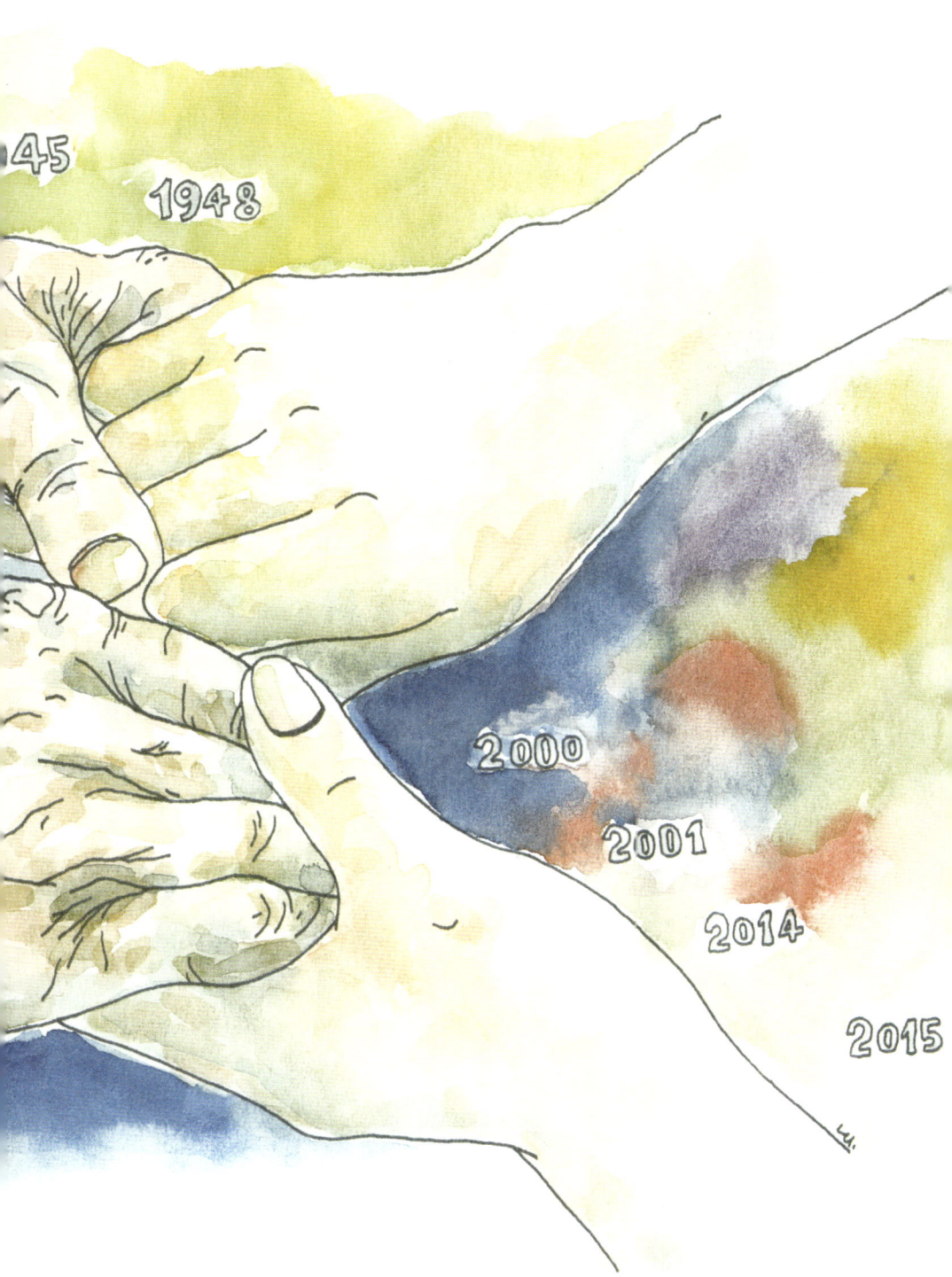

"과거 조상들이 역사적으로
잘못한 일에 대해서
현재 우리가 사과해야 할까요?"

과거 역사적으로 잘못한 일에 대해 사과하기!
그 방법은 나라마다 달랐어요.
제2차 세계 대전 중 저질렀던 전쟁 범죄에 대한
태도만 보아도 알 수 있어요.

먼저, **독일!**

독일은 유대인 대학살 책임을 인정하며
공개 사죄와 함께 수백억 달러 상당의 배상금을 지불했어요.

"독일 국민의 절대 다수가 유대인을 상대로
저질러진 범죄를 증오하고
그 범죄에 동참하지 않았습니다.
그러나 입에 담기 힘든 범죄가
독일 국민의 이름으로 저질러졌습니다.
따라서 독일은 그에 대한
도덕적, 물질적 보상을 해야 합니다."

반면에, **일본!**

전쟁 당시 한국과 다른 아시아 국가의 여성들을 강제로
일본군 위안부로 끌고 갔지만
여전히 그 사실조차 부인하고 있어요.
일본 정치 지도자인 총리조차 말이에요.

오늘을 사는 우리는 역사적 잘못을 사과해야 할까요?
과거 조상이 지은 죄를 현재의 우리가 사과해야 할까요?

우리는 사과할 필요가 없다고 생각합니다!

"내가 하지도 않은 일이잖아요.
어떻게 내가 태어나기도 전에 일어난 일을 사죄할 수 있겠어요!"

개인주의

"내가 동의하지 않은 일, 내가 합의하지 않은 일에 대해서
사과할 수 없습니다!"

자유주의

과거 조상들의 잘못이지만 사과해야 합니다!

"우리는 어느 정도 내가 속한 역사와 전통,
공동체 일부라고 생각하니까요"

공동체주의

과거 역사적 잘못에 대해
'나'와 '내가 책임져야 할 의무' 는 무엇일까요?

만약에 우리가 자유롭고 독립된 '나'일 뿐이라면?
우리가 책임져야 할 의무는 없을 거예요.

우리에게는 '**보편적 의무**'와
누군가와 합의에 의해 지켜야 할 '**자발적 의무**'만 있으니까요.

정말 우리의 의무는 이것뿐일까요?
우리가 가족, 사회, 나라의 한 구성원으로서 가지는
'**소속 의무**'는 없을까요?

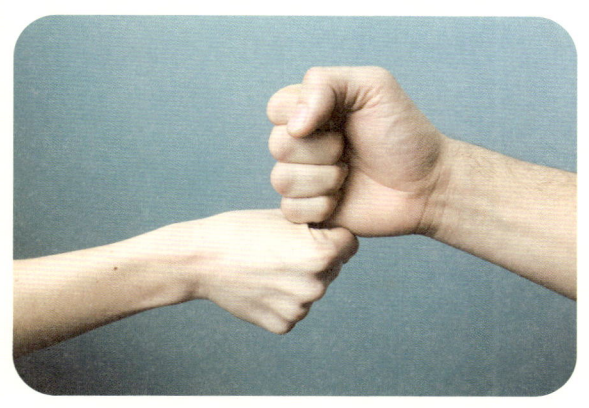

"난 독일인이나 일본인이 아닌,
그저 자유롭고 독립된 나일 뿐이야.
내게 역사적 잘못에 대한 배상 책임 따윈 없어."

이러한 생각은 옳은 생각일까요?
우리에겐 정말 내가 사는 사회의
구성원이라는 생각은 필요 없을까요?
우리에게 집단의 한 사람으로서의 정체성은 없을까요?

우리가 속한 사회와 나라의
구성원으로서 의무는 없을까요?
우리가 사는 사회는
과거 역사와는 아무런 관계가 없을까요?

한 사회의 구성원으로 과거 역사적으로
잘못한 일을 사과할 필요가 없는 걸까요?

글쎄요.
아마도 매킨타이어라면 우리 삶 속에서
역사를 분리할 수 없다고 하겠지요.

"나는 누군가의 아들이거나 딸, 사촌이거나,
이 도시나 저 도시의 시민입니다.
나는 이 친족, 저 부족, 이 나라에 속합니다.
이처럼 나는 내 가족, 내 도시, 내 부족, 내 나라의 과거에서
다양한 빚, 유산을 내려 받았습니다.
그리고 조상들의 기대와 후손으로서의 의무도 물려받았습니다.
이는 내 명백한 사실이고 도덕의 출발점입니다."
- 알래스데어 매킨타이어 -

여러분은 매킨타이어의 생각에 동의하나요?

'미안해요'라고 말해야 할까요?

➕ **마이클 샌델이 들려주는 이야기**

지난 수십 년 동안 역사에 기록된 잘못된 행위들을 공개적으로 사과하는 문제가 불거져 나왔어요. 그중에서도 제2차 세계 대전 시 일어난 유대인 학살과 위안부 문제 등 전쟁 범죄에 대한 배상 문제가 있었지요.

그렇다면 선조들이 과거에 행했던 역사적 잘못을 이후의 세대가 사과해야 할까요? 사실 이 문제는 '나'를 어떻게 규정짓느냐에 따라 다른 시각을 가질 수 있어요. 그 시각에 따라서 도덕적, 정치적 의무가 달라지거든요.

먼저, '나'를 그저 자유로운 개인으로 보는 입장이 있어요. 자유주의적 사고이지요. 자유주의에 따르면 의무는 오로지 두 가지예요. 인간이기에 해야 하는 '자연적 의무'와 계약이나 합의에 의해 생기는 '자발적 의무'랍니다.

'자연적 의무'는 보편적 의무를 말해요. 인간으로서 다른 인간을 존중하고, 정당하게 행동하며, 잔인한 행동을 삼가는 의무가 여기에 속하지요.

'자발적 의무'는 합의에 의해 생기는 것이에요. 따라서 자유주의는 과거 역사적 잘못에 대해서는 이 두 의무가 해당되지 않기에, 내가 단지 후대라는 이유로 사과할 이유가 없다고 본답니다.

그런데 인간은 한 집단의 구성원으로서 의무는 없을까요? 사실 '나는 무엇을 해야 하는가?'라는 물음에 대답하려면 그전에 '나는 어떤 이야기의 일부인가?'에 답할 수 있어야 한다고 생각해요. 다시 말해서 '나'라는 자아는 개인뿐 아니라 내가 속한 사회와 나라 등 집단의 구성원으로서의 정체성도 있다고 말할 수 있어요. 나는 내가 속한 집단에서 적절한 기대와 의무를 물려받기 때문에 개인으로만 볼 수 없고, 내가 속한 공동체의 이야기 속에서 나를 이해할 수 있답니다. 따라서 국가라는 공동체의 일원으로서, 국가가 현재나 과거에 했던 일이 내 책임이 아니라고 하는 것은 도덕적으로 무지한 것이에요. 그러므로 국가가 역사적으로 행한 범죄에 대해서 후손들이 사과해야 할 책임과 의무가 있다고 봅니다.

나를 공동체의 한 부분으로 보는 연대의 의무는 아주 특별해요. 그 의무에는 우리가 떠안아야 할 도덕적 책임이 있거든요. 이 책임은 역사 속에서 나를 발견하고 찾는 도덕적인 인식에서 나온다고 할 수 있어요. 또한 우리를 공동체의 한 부분으로서 보고 연대의 의무를 갖는 것이 정의로워 보입니다.

✚ 인물 소개

알래스데어 매킨타이어 Alasdair Macintyre 1929~ 미국 정치철학자

미국 노트르담 대학교 석좌 교수이며, 공동체주의자로 널리 알려진 학자입니다. 미국 예술 및 과학 학술원 회원이자 영국 학술원 연구원이기도 합니다.

18 동생의 선택

이제 두 형제의 이야기를 시작하려 합니다.
고통스러운 선택을 해야만 했던
동생들의 이야기를 들어 보세요.
여기 서로 다른 선택을 한 형제가 있어요.

윌리엄 벌저와 제임스 벌저 형제
그리고
데이비드 카잔스키와 테드 카잔스키 형제

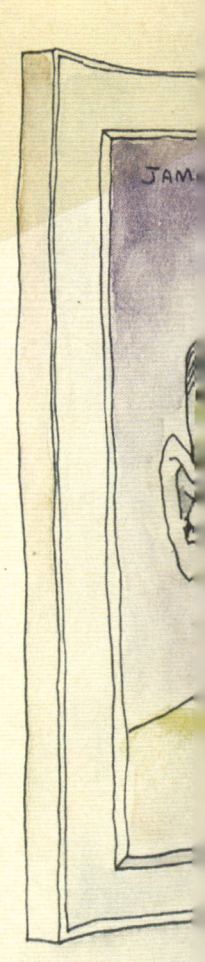

먼저 윌리엄 벌저와 제임스 벌저 형제의
이야기를 들어 볼까요?

매사추세츠 대학 총장이었던 윌리엄 벌저에게는
형이 있었어요.
그는 미국 연방수사국의 '10대 지명 수배자' 명단에 오른
범죄 집단의 우두머리, 제임스 벌저였어요.

윌리엄 벌저는 형의 체포를 위해
수사 당국에 협조하지 않았어요.
그래서 결국 법정에 서야 했지요.

"윌리엄 벌저 씨는
매사추세츠 사람들보다
형에게 더 충성스러우시군요."

"솔직히 형에게 마음이 가고,
형이 걱정되는 게 사실입니다…….
형에게 피해가 간다면 누구에게도
협조하고 싶지 않은 게 제 심정입니다…….
제게는 형을 체포하도록 모든 사람에게
협조할 의무가 없습니다."

The Boston Globe

사람들은 윌리엄 벌저의 생각에 찬성했을까요?

"형제는 형제잖아요. 자기 식구를 어떻게
　연방 수사국에 신고할 수 있겠어요?"
- 보스턴의 한 주민-

"그는 올바른 규범을 선택하기보다
　사사로운 감정에 따르는 원칙을 선택했습니다."
-신문 논설위원-

여기 윌리엄 벌저처럼 골칫거리 형을 둔 또 한 사람이 있어요.
뉴욕에서 사회 복지사로 일하는 데이비드 카잔스키이지요.

어느 날 신문을 보던 데이비드 카잔스키는
깊은 충격에 빠졌어요.
신문에서 지난 17년간 23명을 숨지게 한
연쇄 폭탄 테러범의 기고문을 읽던 중,
글의 문투와 주장이 형과 꼭 닮았다는 것을 발견했거든요.

"나는 인류의 멸망을 앞당기는
현대 과학 기술에 반대합니다!"

데이비드 카잔스키의 선택은 윌리엄 벌저와 달랐어요.
숨어 살고 있는 형을 수사대에 신고했으니까요.

"사람이 또 죽을 수도 있고 그것을 막을 사람은
나뿐이라는 생각이 들었습니다.
모른 척하고 지낼 수가 없었습니다."

결국 형은 종신형을 받고 평생 감옥에서 살게 되었고,
형을 신고한 동생은 평생 죄책감을 떨칠 수 없었지요.

"형제는 서로를 지켜 줘야 합니다.
아마도 저는 형을 죽음으로 내몰았던 것 같아요."

살인범을 형이라는 이유로 숨겨 주었던 동생,
윌리엄 벌저.
사회의 안전을 위해 형을 신고한 동생,
데이비드 카잔스키.

**서로 다른 동생의 선택!
과연 어떤 것이 옳은 선택일까요?**

18 동생의 선택

+ 마이클 샌델이 들려주는 이야기

우리는 보통, 살인 용의자는 반드시 신고하여 법의 심판을 받게 해야 한다고 생각해요. 하지만 신고해야 할 대상이 가족이라면 어떡해야 할까요? 마치 윌리엄 벌저와 데이비드 카잔스키처럼 말이에요.

윌리엄 벌저는 대학 총장이라는 높은 자리에 있었지만 19건의 살인 혐의를 받은 형을 보호하려고 했어요. 반면에 데이비드 카잔스키는 테러리스트 '유나버머'였던 형을 신고했어요. 유나버머는 미국에서 17년 동안 과학자를 비롯한 학자들과 항공사를 대상으로 폭발물을 보낸 연쇄 폭발물 테러리스트로 위험인물이었으니까요. 이후 윌리엄 벌저는 대학 총장직을 사퇴했고, 데이비드 카잔스키는 형의 사형을 막으려고 사형 제도에 반대하는 단체를 위해 일했어요. 또 형을 대신해 희생자들의 가족에게 사죄를 했지요.

두 형제의 이야기는 우리에게 공동체의 일원으로서 연대의 의무에 대해 고민하게 해요. 내 가족을 보호해야 한다는 의무와 공동체의 한 사람으로서 따라야 하는 연대의 의무가 충돌했기 때문이지요.

사실 어떻게 보면 연대의 의무를 따르느냐 아니냐에 대한 결정은 개인의 생각에 따라 달라질 수 있어요. 벌저 형제와 카잔스키 형제의 이야기처럼요. 윌리엄 벌저는 가족에 대한 충성을 먼저 생각했고, 데이비드 카잔스키는 사회의 안전과 정의를 위해 충성한다는 선택을 했으니까요.

잠시 생각해 볼까요? 내 부모와 형제를 보호한다는 가족에 대한 자연스러운 의무와, 함께 사는 공동체의 안전과 평화를 위한 의무 중 어느 것이 더 중요할까요? 한 개인으로서의 이익과 공동체의 의무가 서로 충돌한다면 어느 쪽에 충성해야 할까요? 어느 쪽에 충성하는 것이 더 옳은 일일까요?
개인은 집단의 한 사람으로서의 의무도 가지고 있다는 공동체 중심의 생각을 하더라도, 각 개인들의 선택을 부정하는 건 아니에요. 다만 그 선택을 할 때 무엇을 근거로 하는지, 그 선택의 도덕성을 생각해야 한다는 점을 강조하고 싶어요. 단순히 감정에 이끌리는 선택이 아니라 무엇이 옳은 일인지를 판단하고 선택해야 한다는 것이지요.
우리가 공동체의 일원이라는 연대감 없이는 삶을 살아가거나 이해하기 어렵다고 생각해요. 그렇다면 공동체의 일원으로서 도덕적으로 따라야 할 원칙은 무엇일까요? 아마도 그 원칙은 공동체 모두를 위해 좋은 삶을 생각해야 하는 것이 아닐까요? 이제부터 공동체를 위해 좋은 것, 옳은 것이 무엇인지를 함께 생각해 보려고 해요.

19 중립을 지킨다는 것에 대하여

어느 가치에도 치우치지 않고
중립을 지키는 올바른 결정이 가능할까요?
도덕적, 종교적인 가치가 들어가지 않은
올바른 결정이 가능할까요?

뱃속에서 자라는 태아를 인공적으로 없애는 **낙태**
지금까지 서로 다른 의견들이 충돌하는 뜨거운 문제

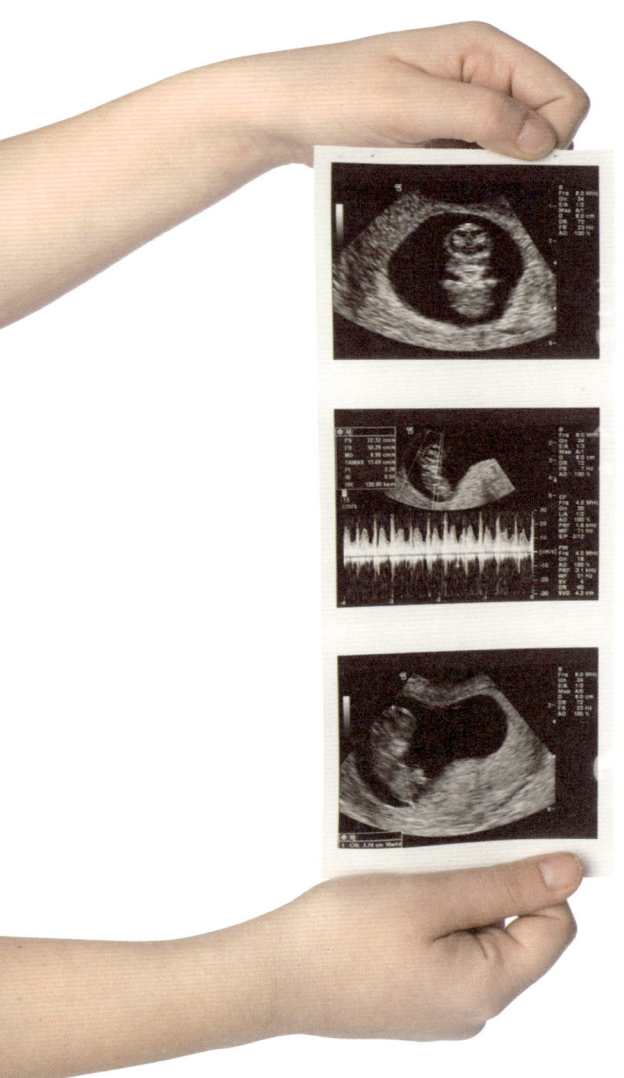

낙태를 금지해야 한다고 말하는 사람들이 있어요.
"생명을 앗아 가는 낙태는 금지해야 합니다."

반면에 낙태를 개인의 선택으로 보자는 사람들도 있지요.
"태아를 인간으로 보느냐 아니냐 하는 문제는
도덕적·종교적 문제입니다.
따라서 정부는 중립을 지키고
여성 스스로 낙태를 결정하도록 해야 합니다."

하지만 중립을 지키는 판단이 가능할까요?
낙태에 대해서 정부가 중립을 지키라는 주장 역시
'잉태된 순간부터 인간'이라는 종교적 가르침이 틀렸다는
생각을 하고 있는 것이 아닌가요?

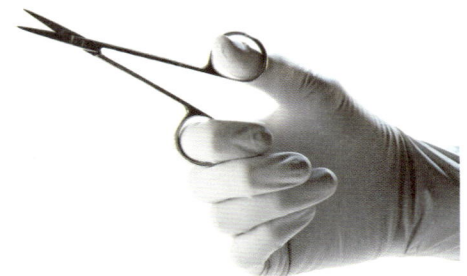

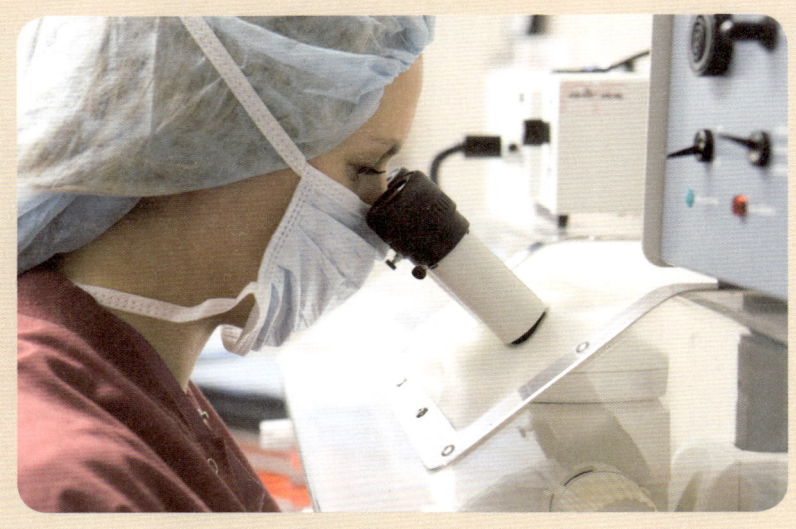

최근 의학계로부터 시작된 뜨거운 논쟁도 있어요.
수정한 지 14일이 안 된 배아기 세포를 이용하는
배아 줄기세포 연구

인간의 생명을 파괴하기에 연구를 금지해야 한다고
주장하는 사람들은 이렇게 말해요.

"잉태된 순간부터 인간의 생명을 얻는 것입니다.
인간 배아를 파괴하는 연구는 반대합니다!"

반대로 인간의 생명을 구하기 위해서
연구를 계속해야 한다는 사람들도 있지요.

"배아 줄기세포 연구로 수많은 질병의
치료법을 찾을 수 있습니다.
과학적 연구가 종교적, 이념적
간섭을 받아서는 안 됩니다!"

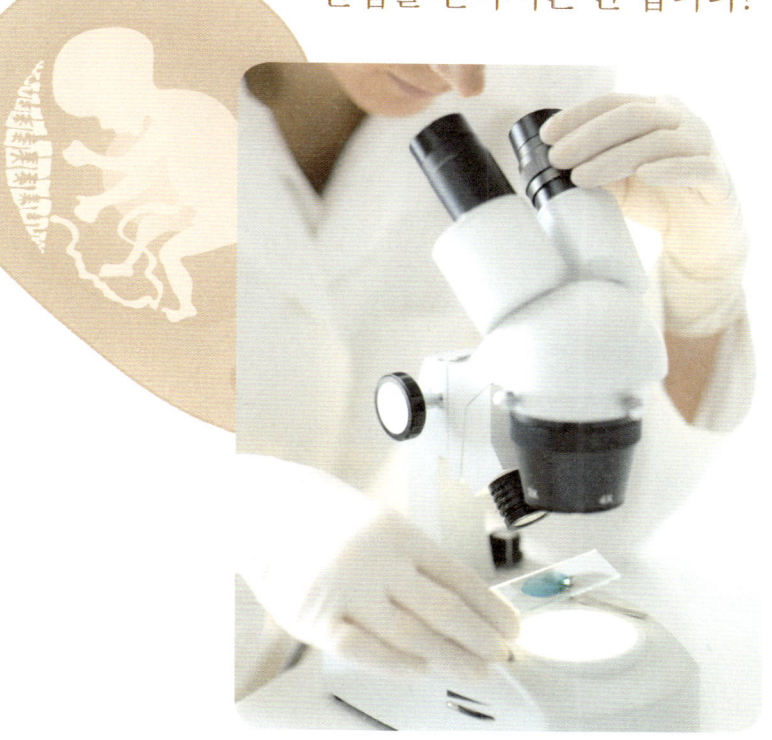

배아 줄기세포 연구를 찬성해야 한다는 생각 역시
'14일 이전의 배아는 인간이 아니다.'라는
도덕적 주장을 하고 있는 것이 아닌가요?

도덕적 종교적으로
어느 쪽에도 서지 않고
옳은 것에 대하여
주장할 수 있을까요?

19 중립을 지킨다는 것에 대하여

+ 마이클 샌델이 들려주는 이야기

낙태와 배아 줄기세포 연구 문제에 관해 논쟁이 끊임없이 계속되고 있어요. 이 두 논쟁은 '어느 순간부터 인간이라고 해야 하는가?'에 대해서 입장 차이를 보여요. 종교의 입장에서는 난자와 정자가 만나 수정란을 이룬 순간부터 인간의 생명을 가진다고 보고 있어요. 반면에 낙태를 찬성하는 입장과 배아 줄기세포 연구자들은 도덕적, 종교적 견해 없는 중립적인 판단이 필요하다고 주장하고 있어요.

나는 낙태나 배아 줄기세포 연구와 관련하여 도덕적 문제를 해결하지 않고서는 옳은 것을 결정하기 어렵다고 생각해요. 두 문제 모두 중립은 불가능하지요. 다른 중요한 사회적인 논쟁도 마찬가지고요.

자유주의 입장에서는 사회적 문제에서 어느 것이 옳은 것인지를 결정할 때 정부는 중립을 지켜야 한다고 주장해 왔어요. 도덕적, 종교적 문제에서 중립을 지켜, 무엇이 좋은 삶인지 개개인이 자유롭게 선택하게 해야 한다는 것이에요. 낙태처럼 도덕적 논란을 일으키는 문제는 법적인 제한을 두어야 한다기보다는 중립을 지켜 개인이 알아서 스스로 선택하도록 해야 한다는 논리였어요.

과연 중립을 지킨다는 것이 가능한 것일까요? 그리고 왜 우리는 정의를 이야기 할 때 도덕적, 종교적 신념을 배제해야 할까요?

존 롤스는 도덕적, 종교적 신념을 배제해야 한다고 주장해요. 사람마다 좋은 삶에 대해 합리적이고도 다양한 생각을 갖기 때문이라는 거예요. 존 롤스는 도덕적, 종교적 견해 없이 중립적인 판단을 내리기 위해서 대법원의 판사처럼 결정하라고 말해요. 모든 시민이 이성적으로 받아들일 수 있는 논리만 내세워야

한다는 것이지요. 그런데 이것은 가능한 일일까요?
사회적인 논쟁에서 즉, 정의와 권리에 대한 논의에서 도덕적, 종교적 가치를 배제하고 판단하기는 힘들어요. 나아가 정의를 논의할 때 좋은 삶이란 무엇인가를 빼놓고 이야기할 수 없어요. 왜냐하면 본질적인 도덕 문제를 해결하지 않고서는 정의와 권리의 문제를 결정할 수 없고, 설령 그럴 수 있다고 해도 바람직하지 못하기 때문이에요. 그렇다면 정의를 생각할 때 '좋은 삶'이란 무엇일까요? 바로 이것이 이 책에서 마지막으로 이야기할 주제랍니다.

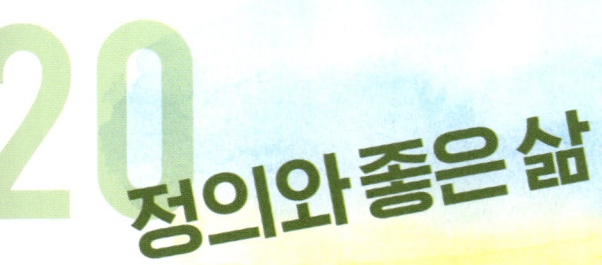

20 정의와 좋은 삶

지금까지 우리는 정의를 이해하는
세 가지 방식을 탐구하는 여행을 해 왔어요.

과연 정의란 무엇일까요?
어떻게 하면 정의롭고 좋은 삶을 만들 수 있을까요?

어떤 이에게 정의란 공리나 행복 극대화.
즉 최대 다수의 최대 행복을 추구하는 것이에요.
―공리주의자

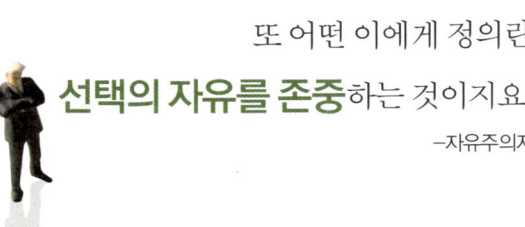

또 어떤 이에게 정의란
선택의 자유를 존중하는 것이지요.
―자유주의자

또, 다른 이에게 정의란 **미덕을 키우고
공동선을 고민하는 것**이고요.
―공동체주의자

내게는 세 번째가 가장 좋아 보여요.

그렇다면 정의롭고 좋은 삶을 살기 위해
어떻게 해야 할까요?
어떻게 해야 우리를 그 고민으로 올바로 이끌까요?
그러기 위해서는 다음의 세 주제에 대해서 생각해야 합니다.

시민의식

희생

봉사

우선,

시민들의 '마음의 습관'에 관심을 가져 보세요.
좋은 삶이란 무엇을 말하는지를 함께 결정하고
우리 모두가 공동체로서 함께한다는 생각과
강한 책임 의식, 공동의 희생 정신을 일깨워야 해요.

사회의 중요한 가치를 시장에 맡기면 안 돼요.
중요한 사회적 가치란 무엇인지를 판단하는
올바른 방법을 고민해야 해요.
경제적 이익만을 중심에 놓고 생각하는 **시장중심주의**는
도덕적 한계가 있다는 것을 잊지 마세요.

시장의 도덕적 한계

불평등
연대
시민의 미덕

소득과 부의 불평등에 관심을 가지세요.
가난한 사람과 부자 사이의 차이가 커질수록
우리는 사회 속에서 함께 살아가는 공동체라는 의식은
약해지고 **민주 시민 의식**은 사라지고 말 거예요.
부의 분배를 정의롭게 할수록
모두가 좋은 삶의 방향으로 다가갈 수 있어요.

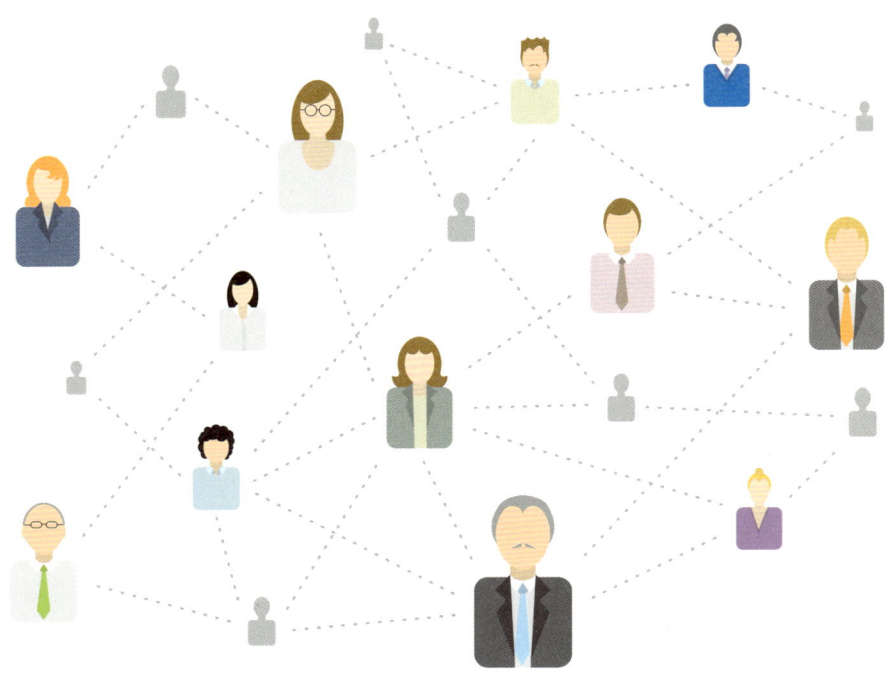

도덕과 가치를 고민하는 정치

정치와 법이 도덕적, 종교적으로
중립을 지키는 건 불가능하기에
서로 다른 입장을 존중하는 정치를 해야 해요.
공동체의 삶에서 다르게 나타나는
도덕적, 종교적 신념을 피하기보다는
적극적으로 개입하면서도 서로를 존중하며 나아가야 해요.
도덕과 가치를 고민하는 정치는 도덕을 회피하는 정치보다
정의로운 사회를 만드는 데 더 가까이 다가갈 수 있으니까요.

20 정의와 좋은 삶

➕ 마이클 샌델이 들려주는 이야기

지금까지 우리는 정의를 이해하는 세 가지 방식을 탐구해 왔어요. 첫 번째 방식에서 정의란 공리나 행복 극대화, 즉 '최대 다수의 최대 행복'을 추구하는 것이에요. 두 번째 방식에서 정의란 선택의 자유를 존중하는 것이지요. 세 번째 방식에서 정의란 미덕을 키우고 공동선을 고민하는 것이었어요. 이쯤에서 여러분이 눈치 챘겠지만, 나는 세 번째 방식을 좋아해요. 왜냐하면 정의로운 사회는 단순히 행복을 최대화한다는 생각이나 선택의 자유를 확보하는 것만으로는 만들 수 없으니까요.

정의로운 사회를 만들기 위해서는 좋은 삶이란 무엇인지를 함께 고민하고, 서로 다른 주장들을 기꺼이 받아들이는 문화를 가꾸어야 해요. 그렇다면 정의로운 사회에서 좋은 삶은 무엇일까요? 그리고 어떻게 하면 함께 사는 모두에게 좋은 삶을 만들 수 있을까요?

이제부터 공동선의 정치를 위한 새로운 방향을 찾아보려고 해요. 첫째, 정의로운 사회를 위해 공동체 의식이 필요하다면 사회는 시민들이 사회 전체를 위해 고민하고 봉사하고 함께하는 좋은 삶을 위한 태도를 가질 수 있도록 해야 해요. 학교에서 시민 교육을 한다든가, 좋은 삶에 대해 생각해 보는 습관을 기르는 게 중요하답니다.

둘째, 경제적인 수치로 가치를 계산하는 시장주의와 시장 중심적 사고를 경계해야 해요. 그러기 위해서 우리 사회의 중요한 가치를 제대로 측정하는 올바른 방법에 대해서 함께 고민하고 결정해야겠지요. 무엇보다도 시장주의가 갖는 도덕적인 한계가 있음을 간과하지 마세요.

셋째, 소득과 부의 불평등에 관심을 갖고 적극적으로 해결하는 노력이 필요해요. 불평등이 깊어질수록 사회 공동체 연대와 민주 사회 시민의 미덕은 약해질 수 있으니까요.

마지막으로 도덕과 가치를 고민하는 정치로 이끌어야 해요. 흔히 법과 정치는 도덕적, 종교적 논쟁에 휘말리지 말아야 한다고 하지만, 법과 정치가 도덕적, 종교적 중립을 지키는 건 처음부터 불가능한 일이에요. 따라서 서로 다른 입장을 가졌더라도 경청하고 상호 존중하여 합의에 다다르는 정치를 만들어야 해요.

정치는 도덕적, 종교적 신념을 피하기보다는 때로는 그것에 도전하고 경쟁하면서, 이해하고 학습하며 적극적으로 개입해야 한다고 생각합니다. 기억하세요! 도덕과 가치를 고민하는 정치야말로 시민들에게 정의로운 사회를 만들기 위해 나아가는 데 희망을 주는 일이라는 사실을요.

찾아보기

가언 명령 114, 118
공동체주의자 206
공리주의 34, 42, 206
공리주의자 42, 86, 94

남북 전쟁 76

대리모 89
도덕적 행동 106, 107
도덕주의자 95

로널드 드워킨 151
로버트 노직 69~70, 75

보편적 의무 177, 182
분배의 정의 138, 151
비용 편익 분석 42

ㅅ
소수 집단 우대 정책 144, 150
소속 의무 177
시장중심주의 208

아리스토텔레스 160~171
알래스데어 매킨타이어 180, 183
연대의 의무 183, 192
의무 동기 111, 118
이마누엘 칸트 106~119
이성 114, 115, 118

자발적 의무 177, 182
자연적 의무 182
자유 108, 112, 118
자유 시장 86, 87
자유 시장 사회 133
자유주의 151, 176, 182, 202
자유주의자 95, 206
자유지상주의자 53, 60, 68, 69, 74, 75, 80, 86, 94, 108
재화 99
정치의 목적 165, 166
정언 명령 114, 118, 119
제러미 벤담 31, 35, 46, 48, 52
존 롤스 128, 129, 137, 138, 139, 160
존 스튜어트 밀 47, 49, 53, 60

차등의 원칙 136, 138
최대 다수의 최대 행복 35, 52

ㅎ
행복의 극대화 24

하버드대 마이클 샌델 교수의 정의 수업
10대를 위한 정의란 무엇인가

원저 마이클 샌델
글 신현주 | **그림** 조혜진 | **감수** 김선욱

펴낸날 2014년 11월 30일 초판 1쇄, 2025년 9월 1일 초판 35쇄
펴낸이 신광수 | **출판사업본부장** 강윤구 | **출판개발실장** 위귀영
아동인문파트 김희선, 박인의, 설예지, 이현지 | **출판디자인팀** 최진아 | **외주디자인** 올디자인
출판기획팀 정승재, 김마이, 박재영, 이아람, 전지현
출판사업팀 이용복, 민현기, 우광일, 김선영, 이강원, 허성배, 정유, 정슬기, 정재욱, 박세화, 김종민, 정영묵
출판지원파트 이형배, 이주연, 이우성, 전효정, 장현우
펴낸곳 (주)미래엔 | **등록** 1950년 11월 1일 제 16-67호 | **주소** 서울특별시 서초구 신반포로 321
전화 미래엔 고객센터 1800-8890 팩스 541-8249 | **홈페이지 주소** www.mirae-n.com

ISBN 978-89-378-8696-6 73300

*책값은 뒤표지에 있습니다. 파본은 구입처에서 교환해 드리며, 관련 법령에 따라 환불해 드립니다.
 다만 제품 훼손 시 환불이 불가능합니다.

KC 마크는 이 제품이 공통안전기준에 적합하였음을 의미합니다.
사용 연령: 8세 이상

JUSTICE